普希金诗选

Selected poems of Pushkin

[俄] 普希金 著
顾蕴璞等 译

中国友谊出版公司

图书在版编目（CIP）数据

普希金诗选 /（俄罗斯）普希金（Pushkin,A.A.）著 ；顾蕴璞等译，-- 北京 ：中国友谊出版公司，2014.1（2018.6重印）

ISBN 978-7-5057-3281-0

Ⅰ．①普… Ⅱ．①普… ②顾… Ⅲ．①诗集－俄罗斯－近代 Ⅳ．①I512.24

中国版本图书馆CIP数据核字(2013)第284763号

书名　普希金诗选
著者　[俄] 普希金
译者　顾蕴璞等
出版　中国友谊出版公司
发行　中国友谊出版公司
经销　新华书店
印刷　北京旭丰源印刷技术有限公司
规格　880×1230毫米　32开
　　　11.25印张　297千字
版次　2014年4月第1版
印次　2018年6月第2次印刷
书号　ISBN 978-7-5057-3281-0
定价　68.00元
地址　北京市朝阳区西坝河南里17号楼
邮编　100028
电话　（010）64668676

在你孤独，悲伤的日子
请你悄悄地念一念我的名字，
并且说：有人在思念我，在世间
我活在一个人的心里。

目录

contents

◎抒情诗

顾蕴璞 译

我的肖像①

你求我画自己的肖像，
但要临摹真人，
亲爱的，肖像快画好，
尽管只是个微型。

我是个年轻的浪子，
还在学校就读；
我敢说，我不愚笨，
扭扭捏捏可没有。

我从不爱絮絮叨叨，
也不是巴黎大学博士，——
这种人比起我来，
真讨厌，装腔作势。

①这首诗是用法语写的。

我的个子和细高个儿相比，
无法去争高下，
我脸色鲜艳，发色金黄，
还是一头卷发。
看戏、跳舞，我都喜欢，
如果要我不掩饰，
我会说，我还会喜欢……
假如我不在皇村读书。

就凭这些，我的挚友，
您就可认出我的肖像，
是的，我想永远表现为
上帝造就我时那样。

恶作剧是十足的魔鬼，
长相是地道的猴型，
轻浮冒失可真多——
是的，这就是普希金。

（1814 年）

水　和　酒

我爱在烈日炎炎的正午
从小溪中掬饮片刻清凉，
我爱在寂静的偏远丛林
看水流不停拍溅到岸上。
当酒在急斟时漫向杯口，
在众人轮饮的盏中翻沫，
朋友们请讲，谁能不哭泣，
当他的心先溢满了欢乐？

胆大妄为者该遭到诅咒，
他首先伸出了罪恶的手，
受狂暴的造孽行为的魅惑，
真可怕！竟把水掺进了酒！
这一类恶棍该遭到诅咒！
但愿他再也无力痛饮，
或者是纵然还能贪杯，
但无法把不同的酒品认。

（1815 年）

我的墓志铭

这里埋葬着普希金，他毕生快乐，
总结交年轻的缪斯、懒散和爱神；
他并无什么善举，但的确可以说：
论心地他是个好人。

（1815 年）

玫　　瑰

我的朋友们，
我们的玫瑰[①]何在？
玫瑰已枯萎，
这个朝霞的幼孩。
你可不要说：
青春也这样凋败，
你可不要说：
这便是生的欢快！
请转告玫瑰：
别了，我怜惜你早衰！
也指给我们：
百合花[②]在哪里盛开。

（1815 年）

① 玫瑰是爱情的象征。
② 百合花是坚贞的象征。

歌　　者

你可曾听见夜间树林后的歌声，
它发自爱情的歌者，悲情的歌手，
当田野在黎明来临时一片沉寂，
那芦笛凄切而质朴的哀音悠悠
你可曾听见？

你可曾在林中荒凉的夜间遇到，
那位爱情的歌者，悲情的歌手？
你可曾看出那泪痕和那微笑？
那一对充满忧伤的平静的眼眸
你可曾遇见？

你可曾轻叹，当你谛听那轻吟，
它发自爱情的歌者，悲情的歌手；
当你在树林里看见那个年轻人，
遇着他那暗淡的双眸的时候
你可曾轻叹？

（1816 年）

窗

不久前一个幽暗的夜晚，
当一轮孤寂清冷的月亮，
缓缓移动在茫茫的云天，
我看见窗前有一个姑娘
若有所思地正独自坐着，
在隐秘的恐惧中胸脯起伏，
她正忐忑不安地注视着
山丘下那条幽暗的小路。

“我在这里！”有人慌张地低语。
姑娘用她那颤抖的纤手
怯生生地把窗户匆匆开启……
月亮用夜幕将自己盖住。
“多幸运呀！”我苦恼地说，
“等待你的定是幽会的欢快。
到底何时的夜晚时刻
也有人来向我把窗户打开？”

（1816 年）

真 理[1]

自古以来哲人们就寻觅
被人遗忘的真理的迹痕，
他们久久、久久地阐释
老者们自古纷纷的议论。
他们断定："圣洁的真理
被人秘密地放进了井里"，
他们齐心协力连口喝水，
喊道："井中我得到真理！"
但有个人造福于百姓，
（仿佛是老头儿西勒诺斯）[2]，
亲眼看见他们的绝顶愚蠢，
厌烦他们的水和力竭声嘶，
抛开这不见其形的东西，
他突然第一个想起酒浆，
喝干了一杯，不剩半滴，
他发现真理在杯底埋藏。

(1816 年)

① 诗人从"真理在酒中"的古老谚语和"真理在井中"的天文学家逸闻汲取灵感。

② 希腊神话中酒神的养父。

哀　　歌

谁敢自认钟情而无惧，
谁遇上那不可知的命运
而仍受微弱希望的抚慰，
他就是一个幸福的人。
可是在我忧伤的生活中，
失却隐秘欢情的慰安；
早开的希望之花凋敝了：
生命之花因痛苦而苦干！
青春将忧伤地失去，
同逝的还有生命的玫瑰，
纵然已被爱情遗忘，
但我忘不了爱情的苦泪！

（1816 年）

恋人的话儿

我在钢琴旁谛听丽拉；
她那美妙悦耳的歌声
比潺潺水边的夜莺更动听，
或胜过夜半弹奏的竖琴。
我的泪水夺眶而出，
便告诉这位可爱的歌女：
“你忧伤的歌声很是迷人，
但我的恋人说的话儿
比丽拉的情歌更令人销魂。”

（1816 年）

不出国门爱把异邦关切……

不出国门爱把异邦关切，
对故土我一向只有责怪，
我常说道：在我的祖国，
哪里有睿智，哪里有天才？
哪里遇得着这样的公民：
心灵高尚、崇高并渴望自由？
哪里遇得着这样的女人：
美得鲜灵、迷人、炽热而不冷酷？
哪里听得到旷达的谈吐：
才气横溢、欢快、有学问？
跟谁交往才不无聊和心寒？
祖国啊，我几乎要把你憎恨——
可是昨天我遇见了戈利琴娜[①]，
便对祖国顿生修好之心。

（1817 年）

---

① 叶·伊·戈利琴娜（1780—1850），普希金的女友。她的沙龙具有爱国主义和自由思想的倾向，很受进步人士推崇。

自由颂①

滚开，快从我眼前消失，
西色拉岛上娇弱的女皇②！
威慑帝王的雷霆，你在哪里？
自由的高傲歌者③，你在何方？
来吧，从我头上把桂冠摘除，
快把这娇弱无力的竖琴砸碎……
我要为世人歌唱自由，
我要把王位上的恶行击溃。

请给我指明那位崇高的
高卢人④留下的可敬的足迹。
是你激励他勇敢地讴歌，

① 《自由颂》是普希金继承与发扬俄国作家歌颂自由反抗暴政传统的主要代表作之一，他和写《自由颂》的前辈拉吉舍夫一样，因此而遭到流放的厄运。

② 指据传住在西色拉岛上的维纳斯，即罗马神话中爱与美的女神。

③ 指诗神。

④ 指法国诗人勒布伦（1729—1807），在法国资产阶级革命时期写有《法兰西人民颂》。

笑迎光荣的苦难的侵袭。
战栗吧，轻浮命运的子弟！
战栗吧，你这世间的暴君！
而你们，倒伏在地的奴隶，
振奋吧，倾听吧，起来抗争！

唉，无论我向哪里举目，
到处是皮鞭，到处是镣铐，
是法律受到致命的侮辱，
是受奴役的人无助的哭叫；
在那迷漫着偏见[①]的昏暗中，
到处有不义的权力成主宰，
它是对荣誉的致命的激情，
它是可怕的奴役人的天才。

只有当那强大的法律
和神圣的自由牢牢结合，
法的坚盾向大家伸去，

① 指教会的偏见。

法的利剑被忠实可靠的
公民的手紧握，一视同仁，
在所有人的头上滑过，
从高处挥击正义的利刃，
把一切罪行狠狠打落。

只有当他们的手不徇情，
不肯屈服于恐惧或贪婪，
到了那时在沙皇的头顶
才不会压着人民的苦难。
统治者们，是法，而不是上天，
给了你们王冠和宝座，
你们高踞于人民之上，
但永恒的法把你们盖过。

假如法律不小心睡着了，
假如人民或者是帝王
可能一手将法律操纵，
那整个民族就会遭殃！

众所周知的错误的殉难者①啊，
如今我呼唤你出来作证，
你在不久前风暴的喧闹中，
你帝王的头为祖先而牺牲。

路易当着沉默的后代，
昂扬地步步走向死亡，
把黜免王冠的头颅垂在
背信弃义的血腥刑台上。
法沉默了，人民沉默了，
罪恶的刑斧落了下来……
于是一身恶徒的紫袍②
便把带镣铐的高卢人覆盖。

你这不可一世的魔王啊，
我恨你，我恨你的皇座，
我会以残酷的喜悦看见

① 指法国国王路易十六（1754—1793），1789年法国资产阶级革命爆发后阴谋复辟，于1773年1月处死。

② 指拿破仑的王袍。

你和你的子女们的殒没。
人民将会在你的前额
看到备受咒骂的印痕，
你在世上把上帝谴责，
是上天的羞耻，人间的灾星。

当午夜天幕上的星星
闪烁在忧郁的涅瓦河上空，
一颗无忧无虑的头颅
沉浸入一个安静的梦。
有位沉思的歌者凝望着
一个暴君的荒凉的遗迹，
那是被人忘却的宫殿①，
在雾中阴森可怖地安息。

在这可怕的宫墙后面，
他听见克里奥②可怕的声音，
他在眼前清晰地看见

① 指米哈依洛夫宫，暴君巴维尔一世在这里被杀害。
② 希腊神话中主管历史和史诗的女神。

卡里古拉[①]临终前的一瞬：
走来了一群诡秘的刽子手，
身上佩满绶带和勋章，
被酒味和恶意灌得烂醉，
心怀恐惧，脸露凶相。

不忠的岗哨默然顺从，
吊桥被悄悄放了下来，
两扇大门在幽黑的夜间
被受雇的叛逆的手打开……
可耻啊！我们时代的灾祸！
野兽般闯进了土耳其士兵[②]！……
不光彩的袭击接连降落……
那头戴皇冠的恶徒便丧命[③]。

沙皇们啊，如今要记取教训，
无论是刑罚，或者是奖赏，

① 公元 1 世纪的罗马皇帝，以残暴著称，后为近臣所杀。

② 东方君主常以土耳其士兵为近卫军，他们在宫廷政变中起了不小的作用。

③ 指俄皇巴维尔一世被刺。

无论是监牢，或者是神坛，
都不是你们可靠的篱墙。
你们在法的可靠庇护下，
当率先把自己的头低垂，
只有人民的自由和安宁
才将是皇位永恒的护卫。

（1817 年）

童　　话[①]

（圣诞节颂歌）

乌拉！一个游荡的暴君
骑马向俄国驰骋。
救世主[②]哭得正伤心，
跟着哭的还有全国的百姓。
玛利亚[③]张罗起这事，吓唬救世主：
“别哭，孩子，别哭，我的主啊：
瞧这怪物——俄国沙皇来啦！”
沙皇一进屋，开口就宣布：

“俄国的百姓，有一件事
你们该知道，已无人不晓：
我已为自己分别缝制
普鲁士和奥地利军服各一套。

①1818年沙皇亚历山大一世在他在华沙召开的波兰会议上致词时作了种种许诺，普希金称之为“童话”，以揭露其欺骗性。

② 即圣母玛利亚从圣灵怀孕后所得圣子耶稣。

③ 指圣母，即救世主耶稣的生母。

哦，百姓，欢欣吧！我饭饱、体健并肥胖；
办报人总是在把我夸奖，
我又喝，又吃，又许愿——
并且不为事情把脑筋伤。

“请再听我补充几句，
谈我以后有些什么打算：
我要叫拉甫罗夫[①]退休去，
把索茨[②]送进精神病院；
我要制定法律，取代戈尔戈里[③]的人治，
我要给百姓当百姓的权利，
全凭我沙皇的仁慈，
出于我的一片好意。”

① 当时的警察厅执行处处长。
② 当时的警察厅特别审查委员会秘书。
③ 当时的彼得堡警察局局长。

小孩从自己床上
高兴得蹦了起来：
“难道真的是这样？
莫非只把玩笑开？”
母亲却对她说：“睡吧，睡吧！闭上眼睛吧；
你听过沙皇爷讲的
这些离奇的童话，
总算也该入睡了。”

（1818 年）

写诗匠小史

他以惯用的听觉谛听咝咝声；
他一门心思地把稿纸涂抹；
然后把普天下的听觉折磨；
然后印出来，扑进忘川沉没！

（1818 年）

致恰阿达耶夫[①]

爱情、希望、恬静的声名，
骗慰过我们并没有太久，
青春的欢娱也消逝无踪，
像晨雾散尽，春梦已收；
但我们胸中仍燃烧着心愿：
纵然宿命势力压如大山，
我们以迫不及待的心情，
时刻听候着祖国的召唤。
我们忍受期望的折磨，
等候神圣自由的时辰，
有如一位年轻的恋人，

① 彼·雅·恰阿达耶夫（1794—1856），曾任御前近卫军军官，知识渊博，有反暴政思想，普希金在皇村学校读书时即与他相识，受他的自由思想的影响很深。

期盼准确的幽会时刻。
趁我们都还燃烧着激情，
为荣誉献身的心还跳着，
朋友，让我们将满腔激情
献给我们自己的祖国！
同志，相信吧，定将升起
一颗迷人的幸福之星，
俄罗斯定从睡梦中惊醒，
将在专制制度的废墟上
一个个写上我们的姓名！

（1818 年）

乡　　村[1]

我向你致意，荒凉僻静的角落，
恬静、劳作和灵感的栖息之地，——
在这里，我岁月的小溪潺潺流过，
流在幸福和忘情的怀抱里。
我是你的：我抛弃声色的迷宫，
抛弃了奢华的宴饮、谬误和欢娱，
换来密林的轻喧和田野的寂静，
换来随心的闲散和沉思这伴侣。

我是你的：我爱这凉爽的
开满了百花的幽深的花园，
爱看牧场堆满芬芳的草垛，
爱听清溪在树丛中流水潺潺，
我面前生动的画面到处呈现：

① 这首诗是在“普斯科夫闹事”的影响下所写成。因矛头直接指向了农奴制，普希金只能以《穷乡僻壤》为题发表了诗的第一部分，第二部分（从“然而，在这里有一种可怕的念头令我不安”开始）曾以手抄本广为流传。本诗的创作与流传也是诗人被判流放的主要罪状之一。

在这里我看见两片碧蓝的平湖，
湖上有时闪耀着渔夫的白帆，
湖后是阡陌纵横和山冈的起伏，
远处是农舍的星星点点，
潮湿的湖岸放着游荡的牛羊，
还可见磨坊的风轮和烘房的轻烟，
到处是劳动丰足的景象……

在这里我挣脱了徒劳无益的镣铐，
学着在真实中寻求怡然的幸福，
以自由的心灵在法律面前拜倒，
而不去理睬愚昧世人们的怨诉，
学着用同情心回答羞涩的哀乞，
并不羡慕恶徒和愚人的红运，
他们的显赫不值一提。

历代的先知啊，我在此向你们聆听！
在这庄严的穷乡僻村，
你们欢快的声音听得更清，
它驱走忧郁而慵懒的梦，
唤起我心中创作的热情，

你们那善于创造的思想，
在心灵的深处成熟定型。

但一个可怕的念头使心儿扫兴：
在葱郁的田畴和山峦之间，
人类的朋友不觉悲伤地吃惊：
愚昧的沉痛耻辱到处可见。
在这里，命定害人的野蛮的地主们，
他们丧尽天良，目无法律，
他们看不见眼泪，听不见呻吟，
用强制的皮鞭把一切掠夺无遗：
农民的劳动，农民的财产和时间。
为别人的犁耙弓腰，忍辱于皮鞭，
在残忍地主的犁沟上拖步。
在这里，人人背负重轭到身亡；
心里不敢存什么希望和欲念，
在这里，妙龄姑娘如花绽放，
专供恶徒无情的恣意摧残；
日渐衰老的父辈的可爱支柱，
劳动的伙伴，这年轻的儿辈，
从祖祖辈辈居住的茅屋里走出，

去壮大受尽折磨的奴隶的行列，
啊，但愿我的呼声能震人心怀！
为何我胸中燃烧枉然的热情？
为何命运不给我镇人的辩才？

啊，朋友们，我是否能够看见——
沙皇一诏令下农奴制被废弃，
在我们文明而自由的祖国天上
终于有一片灿烂的朝霞升起？

（1819 年）

一切都是幻影、虚空……

一切全都是幻影、虚空，
一切全糟透，令人嫌弃，
唯有美色与酒盅——
才是生活带来的乐趣。

爱情和美酒，
我们都需求，
人少了它们，
寂寞伴终身。

我还要添上疏懒，
去配爱情与美酒，
我随它把爱情颂赞，
它给我把盏斟酒。

（1819 年）

献给 M. 的赞美诗

啊，你们如果没有燃过爱火，
看她一眼，就会懂得什么是爱。
啊，你们如果心儿已经冷却，
看她一眼，就会重新萌发爱。

（1819 年）

你　和　我[①]

你十分富有，我非常贫穷，
你是散文家，我是个诗人；
像朵罂粟花，你脸颊绯红，
我枯瘦苍白，活像个死人。
你一辈子不愁吃和穿，
住着一幢宽大的房子，
我却在痛苦和奔忙中熬煎，
在干草堆上挨苦日子。
你往往懒得去向大自然
把你应付的债给偿还[②]；
我却因啃了一块干面包，
再喝了淡而无味的生水，
得为众所周知的需要[③]，
从顶楼到百丈外跑一回。

① 这首诗曾以手抄本流传，是专门抨击沙皇亚历山大一世的。

② 指解大手。

③ 指排大便。

你周围簇拥着成群的奴仆，
你的眼神含暴政的可怖，
你使用又细又白的棉布，
擦你那又肥又胖的屁股；
我不像孩子爱时髦一时，
娇惯我这个罪孽的窟窿[①]，
对赫沃斯托夫[②]粗劣的颂诗[③]，
哪怕皱皱眉，还得使用。

（1820 年）

① 指屁眼。

② 是茹可夫斯基译过的一位非俄罗斯作家。

③ 把“粗劣的颂诗”比作粗糙的手纸。

白昼这盏明灯熄灭了……

白昼这盏明灯熄灭了……
黄昏的雾霭降在蓝色的海面上。
喧响吧，喧响吧，顺风的帆，
在我脚下澎湃吧，阴郁的海洋。
我望着那已经远去的海岸，
南方疆土上那神奇的地方，
我带点激动和惆怅心驰神往，
一味在往事的回忆中沉湎……
我觉得泪水又滋生在眼眶，
心儿在沸腾，又像快停跳；
熟稔的梦想正在绕着我飞翔，
我记起：往昔的爱使我神魂颠倒，
我记起令我痛苦的心爱的一切，
和折磨欺骗过我的心愿和希望……
喧响吧，喧响吧，顺风的帆，
在我脚下澎湃吧，阴郁的海洋。
飞吧，海船，听凭大海的任性凶险，
请你把我带往遥远的地方，
只是别带往那忧郁的海岸，

那里，我的祖国一片迷茫；
那里，情欲的火焰
头一次将我的情感点燃，
那里，温柔的缪斯悄悄对我微笑；
那里，我已失去的青春
就早早地凋残于风暴；
那里，转瞬即逝的欢乐背叛我，
把一颗冷却的心交给了痛苦。
我是个新鲜印象的寻求者，
我逃开了你，我的故土；
我逃开了你们，享乐的传人，
瞬间青春的瞬间友人们，
还有你们，淫荡迷途的情妇，
虽无爱情，我却为你们作过牺牲，
牺牲了平静、荣誉、自由和心灵，
还有你们，年轻的负心女郎，
韶华的密友，我已把你们遗忘……
但是无论什么也难以抚平
心上的旧痛，爱情的深刻创伤……
喧响吧，喧响吧，顺风的帆，
在我脚下澎湃吧，阴郁的海洋……

（1820 年）

给多丽达

我相信：我被爱；心儿需要信任。
不会，我亲爱的人不会假正经；
她一切都不装假，那暗燃的情火，
那美惠女神无价的赠品，那羞涩，
还有穿戴和谈吐上的洒脱可亲，
亲昵名字中蕴含的稚嫩柔情。

（1820 年）

公爵格·并不是我的相识……

公爵格·并不是我的相识。
我没见过这样不当的混合；
他由卑劣和傲慢所合成，
但卑劣比傲慢还多几分。
在情场是懦夫，在酒馆是纤夫，
在前厅是下流痞，在客厅是蠢货。

（1820 年）

我不再怀有什么心愿……[1]

我不再怀有什么心愿，
我不再钟爱什么幻想，
只有心灵空虚的苦果
还留在我自己的身上。

经受过残酷命运的摧折，
我绚丽的花冠已经凋零，
我悲伤而孤独地苦苦生活，
等待着：末日是否会来临？

恰似一张迟落的枯叶，
听到冬日风暴的啸吼，
受到晚来寒潮的震慑，
在光裸的树枝上瑟瑟发抖。

（1821 年）

---

① 这是首哀歌，最初是作为长诗《高加索的俘虏》第二部分中为俘虏向高加索女郎的倾诉而写出的。

短　剑[1]

为交给不死的涅墨西斯[2]
林诺斯之神[3]才把你铸就，
你是惩恶的短剑，自由的秘密卫士，
你是最后的法官，仲裁屈辱与冤仇。

宙斯的雷若沉默，法律的剑若昏睡，
你便会成为化作行动的诅咒和希望，
你便在王位的庇护下偷窥，
你便在华丽的服饰里潜藏。

如像地狱的冷光，如像天神的电闪，
你无言的剑锋在向恶徒的双眼刺射，
当他置身于自己的饮宴，
浑身战栗着，在环顾中忐忑。

---

① 本诗在诗人生前仅以手抄本流传，但成了反对沙皇专制制度的战斗号角。

② 希腊神话中的复仇（或报应）女神。

③ 希腊神话中的锻铸之神，据传曾住在林诺斯岛上。

你到处都能给他猝不及防的一击，
无论在陆地、海上、庙堂或在营帐中，
或者在幽秘难寻的古堡里，
在卧榻上，在他的家人当中。

（1821 年）

征　　兆

要用心观察各种各样的兆头：
牧人和庄稼汉在年轻的时候，
看看天空，看看西天的阴影，
就能预先说出会起风或天晴，
会有给禾苗带来喜讯的春雨，
或会是危及葡萄的早到的霜期。
假如，傍晚时分在平静的水面
天鹅相互戏水，唤你到跟前，
或者明亮的太阳落入了愁云，
那明天必有暴雨将少女惊醒，
或者必有敲击窗户的冰雹，
而农民为收割谷地禾苗起个早，
一听到暴风雨声便不再出门，
重新躺倒，懒洋洋地再打个盹。

（1821 年）

镜前的美人

你看这位可爱的美人：在镜前
她用花朵环绕着头插遍，
她一抚弄头发，那忠实的镜子
便映出笑容、傲气和撩人的眼。

（1821 年）

虽说是个出色的诗人……

“虽说是个出色的诗人，
埃米里[1]却是个浮华的人。”
“可你充满什么呢，盛装的小丑？
喔，我明白：充满你自己；
你充满了垃圾，我的朋友！”

（1821 年）

① 埃米里，指普希金自己。

囚　徒[1]

我坐在阴湿牢狱的铁窗边，
在铁窗下，我忧郁的同伴，
那只在幽禁中养大的幼鹰，
正啄着一块血淋淋的食品。

它啄啄又甩掉，望望窗外，
仿佛和我有一样的心怀；
它用目光和叫声呼唤我，
“让我们飞走吧！”它想对我说。

“我们是自由的鸟儿，该飞啦，老兄！
飞往云外那闪着白光的山峰，
飞往那横着一片碧波的海域，
飞往唯有风和我散步的地区。”

（1822 年）

① 这是诗人被流放在南俄时参观基什尼奥夫监狱有感而写。

给巴拉丁斯基[①]

（自比萨拉比）

这个一片荒凉的国度，
是诗心倍感神圣的地方，
曾受过杰尔查文的歌颂，
它洋溢着俄罗斯的荣光。
那森[②]的诗魂至今还在
多瑙河的两岸萦回徜徉；
迎着缪斯和阿波罗的弟子们
那甜蜜的召唤而飞翔。
我常常和那幽灵在一起，
伴着明月沿陡岸徘徊，
但是，朋友，拥抱你，
活着的奥维德，更是我所爱。

（1822 年）

① 当时正在芬兰遭流放。
② 即奥维德，他曾被流放黑海边。

给 Φ.H. 格林卡 ①

当我置身于狂欢的宴饮，
放逐的讯息不期而至，
我看到那一群疯狂的人
身上那卑怯的利己主义。
我无泪而懊丧地离开了
酒宴的花冠和雅典娜的光影，
但你的声音是我的慰藉，
你，胸襟阔大的公民！
纵然命运又一次决定
对我施行严酷的排挤，
一如爱情已对我负义。
在流放中我将会忘记
那种种有悖正义的裁决：
它们微不足道，只要你，
阿里斯蒂得 ②，认为我对。

（1822 年）

① 费·尼·格林卡（1786—1880），俄国诗人、军官，参加过 1812 年卫国战争。他对普希金十分关心，给了他极高的评价。

② 阿里斯蒂得（约前 540—前 487），希腊政治家、诗人，被誉为正直和公理的表率。

小　　鸟[①]

身在异乡，我心仍虔诚，
恪守祖国古老的风俗：
当明媚的春的节日来临，
我给一只小鸟以自由。

我开始感到几分宽慰，
为什么我要埋怨上帝，
既然我能把自由赠给
哪怕只一个生灵作礼！

（1823 年）

① 这是普希金流放南俄期间所写，当时他曾向沙皇上书，请求准他返回彼得堡，遭到拒绝。他便以复活节要将一只小鸟放生的俄罗斯民俗影射沙皇毫无仁慈之心。

波涛啊，是谁阻挡了你……

波涛啊，是谁阻挡了你？
是谁锁住你奔流的浩荡？
是谁把你那叛逆的激流
变作无言而昏睡的池塘？
是谁手中的魔杖一挥，
掸去我心中的希望和欢悲，
并使我这颗狂暴的心
在慵懒无力中昏昏欲睡？
汹涌吧，风啊，快掀起波涛，
快摧毁这带来死亡的堡垒，
你在哪儿，雷霆，自由[1]的象征？
快滚过这片不自由的腐水。

（1823 年）

① 这首诗在诗人生前没有写完，这“自由”一词原缺，是后人根据诗的原意补上的。

夜

我的对于你温柔而怅惘的声音，
打破了沉沉黑夜中晚到的寂静。
一支哀伤的蜡烛点燃在我床头；
我的诗行交汇着，淙淙地奔流，
这爱的小河充溢着对你的思念，
夜色中我面前闪亮着你的双眼，
在对我微笑，我便听到你的低语：
“我的朋友，心上人……属于你，我爱你！……”

（1823 年）

恶　魔

当初，生活的一切印象，
我都感到那样的新奇：
少女的秋波，密林的喧响，
幽幽深夜夜莺的鸣啼；
当初，万种高尚的情感：
自由、荣誉，还有爱情，
以及充斥艺术的灵感，
那样使人的热血沸腾；
那时一个凶恶的精灵，
悄悄开始前来光顾我，
用突然袭来的忧伤之情，
笼罩我希望和享受的时刻。
我们的相逢令人悲凄：
他的笑容，他美妙的眼神，
他那尖酸刻薄的话语，
把寒冷的毒鸩注入我心。
他拿用之不竭的诽谤
考验我预见未来的能力，

他把美称作空洞的幻想，
他对灵感心存鄙夷；
他不信爱情，不信自由；
他看待生活持讥笑态度，
自然界中竟没有一物，
曾得到他由衷的祝福。

（1823 年）

生命的驿车

纵然有时身载着重负，
驿车仍一路轻快地飞驰；
白发的时间，剽悍的车夫
一刻不离座地赶着车子。

我们一大早坐进车里，
乐意它快得哪怕掉脑袋，
只因鄙夷懒惰和安逸，
我们喊道："赶车，快！……"

但一到中午，锐气全无，
车子颠簸了，我们更害怕
路过山坡，路过狭谷，
我们喊道："慢着点，傻瓜！"

车子照旧飞快地奔驰着，
傍晚时我们才对它适应，
我们瞌睡着来到歇夜地了——
可时间依然在策马前行。

（1823 年）

我是拓荒的自由播种者……

一个播种的人出去播种
——马太福音

我是拓荒的自由播种者，
在破晓之前就早出劳作，
我把滋养万物的种子
用纯洁无邪的手撒播
在被沦为奴隶的田垄上——
但我不过是白费时光，
这些有益的工作和思想……

吃草去吧，温顺的人民！
人格的呼唤震不醒你们哪，
何必把自由赠给畜生？
它们只配剪毛和宰杀。
它们代代相传的遗产，
是带铃铛的重轭和皮鞭。

（1823 年）

致　大　海[①]

再见吧，自由不羁的伟力[②]！
你最后一次在我的眼前
将蓝色的波浪翻滚不息，
呈骄人的美在不停闪现。

如闻朋友凄切的怨声，
如闻临别时他的呼唤，
这是我最后一次倾听
你忧郁的喧响和叫喊。

我心灵所向往的地方！
多少次在你的岸边漫步，
曾那么沉静，那么迷惘，
受朝思暮想的夙愿之苦！[③]

---

① 这是普希金因写作歌颂自由的诗篇而被流放南俄期间所写。

② 对大海性格的一种譬喻。

③ 沃隆佐夫的告密和普希金自己所写一封同情无神论的信被截，使他大难临头，当时曾想秘密逃往海外，随游船去土耳其君士坦丁堡，但未能如愿。

我多么喜爱你那回声，
那低沉的音调，深渊的鸣响。
那黄昏时分的片刻寂静，
那激情冲动的反复无常！

凭靠你古怪脾性的保护，
渔夫们驾起温顺的风帆，
从你的波谷间勇敢地滑过，
当难驾驭时你波滚浪翻，
成群的渔船就会沉没。

我曾想永远地离开你的
寂寞难耐的静止的海岸，
满怀欣喜之情祝福你，
顺你的巨澜任诗情奔驰，
但这一切都未能如愿！

你期待，你召唤……我却被捆缚，
我的心灵徒然地挣扎：

我被强烈的激情迷住[1]，
我仍在你的岸边留下……

有什么可留恋？如今何处
才该是我无虑的大道？
在你的荒原中只有一物
才会让我的心灵倾倒。

那是峭岩，光荣的坟茔……
一些令人崇敬的回忆
在那里沉入了一个寒梦，
因为拿破仑熄灭在那里[2]。

他在那里的苦难中安息，
像风暴的喧响，对他跟着，
另一个天才也离我们而去，
我们思想的另一位王者[3]。

① 指诗人对敖德萨总督夫人沃隆佐娃的私情，是沃隆佐娃劝阻普希金渡海逃到海外去的打算的。

② 拿破仑于1821年死于圣赫勒拿岛。“峭岩”即指此岛。

③ 指因参加希腊革命而于1824年4月间死于希腊米索隆基的英国大诗人拜伦。

他去了，自由为它哭泣，
他把桂冠留在了世上。
喧腾吧，掀起险恶的天气：
啊，大海，他曾为你歌唱。

你的形象就在他身上，
他用你的精神塑造而成，
也像你，他深沉、阴郁、有力量，
也像你，不会被任何人制胜。

世界虚空了……你如今
会把我引向何处，海洋？
人们到处有相同的命运；
不是文明，就是暴君
守卫在凡有幸福的地方。

再见吧，大海，我不会忘记
你那庄严美丽的容光；
我将来还要久久地、久久地
倾听你在黄昏时分的轰响。

我，将会全身心充满你，
朝着森林和无语的荒原[1]，
带走闪光、身影和絮语，
和你的峭岩，你的港湾。

（1824 年）

① 指普希金新的幽禁地普斯科夫省的米哈伊洛夫斯科耶村。

葡　　萄

我不再叹惋逝去的玫瑰，
它已随易逝的春光枯萎；
我也喜爱藤蔓上的葡萄，
它在山下熟得串串低垂。
它是我肥沃谷地的美人，
它是金黄色秋天的欢欣，
看上去颗颗椭圆又晶莹，
像少女的纤指那样撩人。

（1824 年）

友　　谊

算什么友谊？醉后轻率的热情，
畅谈如何去将人欺负，
虚荣心，闲散的彼此交换
或对耻辱的相互袒护。

（1824 年）

据说丽莎谈爱色变……

据说丽莎谈爱色变。
得了，这里会不会有诈？
你们可要当心——也许
这位新月亮女神狄安娜[①]，
心里藏着温柔的激情，
并且用羞羞答答的眼神，
在你们中间胆怯地寻求
一个能使她膜拜的人。

（1824 年）

① 狄安娜为罗马神话中月亮和狩猎女神，贞洁但残忍。

焚毁的情书①

别了，情书！别了，这是她的授意。
我迟疑了多久啊！我的手久久不愿意
把我的满腔欢乐交给火去燃烧！……
但算了吧，时辰已到。情书，你快焚烧。
我已准备；我的心听不进任何的劝告。
吞噬你页页情书的将是贪婪的火苗……
过了一分钟！……着火！很旺，缕缕轻烟
袅袅而升，和我的祈祷一起飘散。
熔化的火漆嘶嘶作响，钟情的指环
从此不留印痕……啊，天意！已实现！
那一页页焦黑的信纸已打卷皱起；
轻飘的死灰上留有珍贵的白色笔迹……
我的心感到发紧。亲爱的灰烬，
你是我忧郁的命运中一个苍白的慰藉，
但愿你永远伴着我，留在苦涩的心底。

（1825年）

① 这首诗是诗人为怀念他曾一度钟爱的沃隆佐娃而写的。

致凯恩[1]

我记得那美妙的一瞬：
眼前出现了你的倩影，
宛若转眼即逝的幻景，
宛若纯美升华的精灵。

当我被绝望的忧伤缠住身，
纷扰的生活不让我得安宁，
耳畔常响起你温柔的声音，
梦中总浮现你亲切的倩影。

岁月流逝。那一阵暴风[2]
驱散了往日向往的美梦，
我便淡忘你温柔的声音，

① 安娜·彼得罗夫娜·凯恩（1800—1879），是普希金1819年在彼得堡奥列宁家认识的女友，当时她才十九岁，但已嫁给一个五十二岁的将军。六年后，普希金幽禁在米哈伊洛夫斯科耶村期间，在三山村奥西波娃家和她重逢。凯恩离开三山村时，普希金将此诗赠她。

② “一阵暴风”喻指沙皇因普希金写了《自由颂》等叛逆诗而突然流放他到南俄等地（1820—1824）。

淡忘你那天仙般的倩影。

身受囚禁，在静僻的乡间，
我一天天地苦挨着人生，
没了“女神”①，没了灵感，
没了眼泪、活力和爱情。

心灵逢上复苏的时分，
眼前又出现你的倩影，
宛若转眼即逝的幻景，
宛若纯美升华的精灵。

我的心跳荡得如醉似狂，
为着它一切重又复生：
有了“女神”，有了灵感，
有了活力、眼泪和爱情。

（1825 年）

① 普希金以对美的向往为创作灵感的源泉，并有用“女神”隐喻所倾慕美女的习惯。从本诗的上下文看，他因受制于韵律的需要才用“божество”取代“богиня”等词，用来隐喻他“所倾慕的女性偶像”。

假如生活欺骗了你……①

假如生活欺骗了你，
不要生气，不要伤悲！
忧郁的日子要克制自己：
相信欢快的一天会到来。

心儿总是在憧憬着未来，
现今常令人闷闷不快：
一切很短暂，一切会过去，
那过去了的，便贴你心怀。

（1825 年）

① 这首诗是普希金在奥西波娃十五岁的女儿叶夫普拉克西娅纪念册上的题诗。

一轮愁容满面的月亮……

一轮愁容满面的月亮，
在天上遇着欢快的霞光，
一个燃烧，一个冰凉，
霞光辉耀，像年轻的新娘，
相形下月亮暗淡如死人。
爱尔维娜，我遇你也是这样。

（1825 年）

饮　酒　歌[①]

欢快的声音为何已沉寂？
唱起来吧，祝酒的歌曲！
万岁，温柔的纯情少女
和爱过我们的年轻娇妻！
把每个酒杯斟得更满些吧，
把盟誓的戒指[②]
朝叮当的杯底
投进芳香浓郁的酒中去吧！
举起酒盅来，一起干杯！
缪斯们万岁，理智万岁！
你，神圣的太阳，燃烧吧！
有如圣像面前的神灯
在灿烂的朝霞前暗淡，
在不朽的智慧太阳面前，
虚假的睿智也黯然腐烂。
万岁，太阳！速退，黑暗！
(1825 年)

① 原文直译应是酒神之歌。

② 指普希金当时参加过的“绿灯社”的成员们所带的刻有警言的戒指。

原野上那残存的花朵……

原野上那残存的花朵
比初绽的鲜花更可爱，
更易勾起我们心中那
令人忧郁的联翩遐想来
恰似有时离别的时刻
更比甜蜜的约会难忘怀。

（1825 年）

为了怀念你，我献出了一切……[1]

为了怀念你，我献出了一切：
充满灵感的竖琴的音响，
伤心激动的少女的眼泪，
我这颗嫉妒之心的抖颤，
名声的辉耀，流放的黑暗，
美丽的晶莹明澈的思想，
复仇的念头，和痛苦不堪、
翻腾在心头的激越的幻想。

（1825 年）

① 这首诗是献给伊·克·沃隆佐娃的。

冬天的夜晚[①]

风暴卷起飞旋的雪涛，
雾幕般遮蔽茫茫天际；
忽而像头野兽在哀嚎，
忽而又像婴孩在哭泣，
忽而它在残旧的屋顶，
把草秸吹得沙沙直响，
忽而像个晚到的旅人
用手扣敲我们的门窗。

我们这间破旧的茅舍
又是凄凉，又是黑暗，
我的老妈妈，你为什么
坐在窗前默默无言？
可是风暴悲惨的呼啸
使你，我的朋友，困倦，

① 普希金被囚禁在米哈伊洛夫斯科耶村（普斯科夫省）两年的期间，只有他的老奶娘阿琳娜·罗季奥诺夫娜（1758—1828）一人陪伴他，这首诗主要是为怀念老奶娘而写的。

还是你纺锤喧声的单调，
使你不由得昏昏欲眠？

让我们同干一杯酒吧，
我不幸的青春年代的良友，
借酒浇愁吧，拿酒杯来呀！
欢乐将更加灌满心头。
给我唱支山雀的歌吧：
在海那边的生活可舒心和美；
给我唱支少女的歌吧：
在清晨她怎样拎着桶去打水。

风暴卷起飞旋的雪涛，
雾幕般遮蔽茫茫天际；
忽而像头野兽在哀嚎，
忽而又像婴孩在哭泣。
让我们来同干一杯酒吧，
我不幸的青春年代的良友，
借酒浇愁吧，拿酒杯来呀！
欢乐将更加灌满心头。

（1825 年）

暴　风　雨

你可看见峭岩上那少女：
身穿白衣衫，俯临着波涛，
任凭大海跟沙岸去嬉戏，
在风雨的凄迷中肆虐咆哮，
任凭闪电用红色的光辉，
时时把她的倩影照亮，
而风在挣扎，朝她劲吹，
扬起她身上轻柔的衣裳？
多美呀，风雨凄迷中的海域
和一片昏黑但闪烁的天际，
但请相信我：峭岩上的少女
比波涛、天际和暴风雨更美丽。

（1825 年）

小说家和诗人

小说家，你在忙什么？
给我一个主题思想：
我把它的一端削尖，
用舞动的韵律把箭翎安上，
把它放上绷紧的弓弦，
再把听话的弓弯成弧状，
然后碰运气地把它射出去，
定叫我们的敌人遭殃！

（1825 年）

夜莺和杜鹃[1]

在那悠闲暗夜的树林里，
各种春的歌手真不少；
或咕噜，或吱吱，或轰然鸣啼；
可是那只糊涂的杜鹃鸟
又爱面子，又爱饶舌，
一个劲儿地咕咕不休，
它的回声也一样货色。
咕咕得让你多么烦忧！
真想躲远点。上帝啊，让我们
躲开这一派咕咕的哀歌！

（1825 年）

① 普希金写这首诗为的是嘲讽当时诗坛上崇尚哀歌的风气。

玫瑰花一经凋谢……

玫瑰花一经凋谢，
带走曾经的芳香，
它那轻盈的心魂，
离故土飞向天堂。

昏昏欲睡的波浪
给人们带来遗忘，
在忘川两岸馥郁着
玫瑰花影的芬芳。

（1825 年）

致友人们

我的仇敌啊。我暂不说话……
仿佛我已熄灭了勃发的怒火；
但我不让你们从我眼中消失，
迟早会捉拿你们中的任何一个：
只消我突然无情地扑上去，
他不可能从锐利的指爪逃脱，
有如一只饿鹰从云端盘旋，
盯视着地面上那些火鸡和鹅。

（1825 年）

先 知[1]

我忍受精神饥渴的煎熬，
在阴暗的荒原上缓缓行走，
迎面来了位六翼天使，
和我相遇在十字路口。
他用轻盈如梦的手指，
触摸了一下我的眼睛，
洞察一切的眼睛睁开了，
恰似一只受惊的苍鹰。
他触摸了一下我的耳朵，
给它们灌满了喧嚣和轰鸣：
我便听见了天宇的颤抖，
还听见天使们在高空飞行，
海洋的毒虫在水底潜行。
山谷的藤蔓把芽眼吐露。
他俯下身子贴近我的嘴，

① 据普希金的朋友包戈廷称，普希金原想写一部以先知为题的组诗（共四首），献给反暴政的十二月党人，但现在只保存这一首，其余三首情况不详。

拔掉了我这罪恶的舌头，
它空话连篇，狡猾不堪；
他再用沾满鲜血的右手，
往我早已喑哑的嘴里
装进智慧之蛇的舌头。
他又用剑剖开我胸膛，
挖走我这颗颤抖的心，
并把一块燃烧的赤炭，
塞进我被剖开的前胸。
我像死尸般躺在荒原，
但听得上帝对我呼唤：
“起来吧，先知，且听，且看，
让我的旨意把你充满，
走遍所有的海洋和陆地吧，
用我的话儿把心灵点燃。”

（1826 年）

给 奶 娘[1]

我那严峻岁月里的女伴，
我的年老体衰的亲人！
你独自在密林深处期盼，
久久地等着我的来临。
你在自己正房的窗前，
仿佛在站岗，你暗自悲伤，
编针时不时缓缓停落在
你那双布满皱纹的手上，
你凝望被人遗忘的大门，
凝望幽暗而遥远的路途：
你的忧虑、预感和操心，
时刻都在涌上你的心头。
你忽而觉得……

（1826 年）

① 即阿琳娜·罗季奥诺夫娜（1758—1828），她与普希金的童年和 1824—1826 年在米哈伊洛夫斯科耶村幽禁时期都有不解之缘，对诗人影响很深。

冬天的道路[1]

透过似波如浪的云雾，
月亮露出了它的脸庞，
它那凄清的银辉如注，
倾在凄清的林间空地上。

沿着冬日寂寥的大道，
那轻捷的三驾马车在飞奔，
听起来令人感到单调，
一路上发出叮当响的铃声。

从车夫哼唱的悠长歌声里，
听得出一种亲切的乡音：
一会儿像是纵情的欢娱，
一会儿像是内心的忧闷……

不见灯火和简陋的农舍，

① 这是普希金 1826 年 12 月下旬从普斯科夫去莫斯科途中所写。

到处是冰雪和一片荒凉……
迎我们一个个扑面而来的，
只是带花纹标里程的木桩……

寂寞，忧愁……尼娜，明天，
当我一回到心上人身旁，
我将忘情地坐在壁炉前，
百看不厌地朝你凝望。

滴答滴答地在响的时针，
会绕完自己匀和的一周，
午夜将撵走讨厌的人们，
可是却无法使我们分手。

忧愁啊……尼娜；我的路太寂寥，
车夫瞌睡着，一声也不响，
一路的车铃声听着真单调，
只见那云雾笼罩下的月光。

（1826 年）

黄金和宝剑[1]

“一切都是我的”，黄金说。
“一切都是我的”，宝剑说。
“一切我都能买”，黄金说。
“一切我都能拿”，宝剑说。

（1826 年）

① 这是普希金对一佚名法语讽刺诗的俄译。

答Φ.T.……

不，她不是车尔凯斯姑娘，
但自古未有过这般少女
从阴郁的卡兹别克高地
来到格鲁吉亚谷地栖息。

不，她眼里不是玛瑙在闪光，
但如用全部的东方宝藏
也抵不上她那南国的眼睛
放射出的甜滋滋的光芒。

（1826年）

在西伯利亚矿山的深处……①

在西伯利亚矿山的深处，
望你们保持高傲的坚忍，
你们那令人悲痛的劳苦
和崇高志向会留下印痕。

灾难的忠贞姊妹——希望，
即使置身在阴暗的地底，
会唤起你们的欢乐和勇气，
那渴望的时刻定会临降。

爱情和友谊定将会穿越
阴暗的车门去拥抱你们，
正如我这自由的声音
会飞进你们苦役的洞穴。

①1825 年 12 月 14 日，在彼得堡举行的十二月党人起义遭到失败，当时普希金正被幽禁在米哈伊洛夫斯科耶村，1825 年底至 1826 年初他写了这首诗，于 1827 年 1 月初他托十二月党人穆拉维约夫的妻子带到西伯利亚去慰问在那里流放的十二月党人朋友。

沉重的枷锁定会打开，
牢狱要崩塌——在它门口，
欢迎你们的将会是自由，
弟兄们给你们把刀剑送来。

（1827 年）

夜莺和玫瑰

在那昏暗之夜静悄悄的花园里，
一只东方的夜莺朝玫瑰歌唱。
可爱的玫瑰却木然地不睬不理，
正听着恋歌摇晃着进入梦乡。
你不也这样歌唱冷艳的美人？
醒醒吧，诗人！有什么可使你向往？
她不在谛听，并不善解诗人；
看她多鲜艳，但唤她却没有回响。

（1827 年）

在人间多愁而无际的草原上……

在人间多愁而无际的草原上，
神秘地涌流出三泓清泉：
那湍急而汹涌的青春之泉，
它沸腾奔流，光闪闪，声潺潺。
那卡斯塔里泉[①]以灵感之浪，
为人间草原的流放者解渴，
最后是清凉的忘怀之泉，
最甜蜜地消解心头的暑热。

（1827 年）

① 希腊神话中帕耳那索斯山上的一眼泉名，给诗人和音乐家以灵感。

阿　里　翁①

我们许多人同驾独木舟，
有的人用力张紧了风帆，
有的人齐心往水的深处
插入强有力的木桨划船。
聪明的舵手在寂静中掌舵，
默默地驾着这重载的小船，
我满怀坦然自若的信心
为水手们歌唱……突然间，
喧响的旋风袭上浪来，
吹皱了海上的碧波万顷。
于是舵手和水手都死了！……
只剩我这个神秘的诗人，
被一场暴风雨抛上了海岸，
我仍然把往昔的颂歌吟唱，
在一块高悬的岩石下面，
借阳光晾晒着浸湿的衣裳。

（1827 年）

① 阿里翁是古希腊诗人、音乐家，据传在海上遇难，海豚听了他的歌声，深受感动，把他搭救了。诗人在这里借古讽今，表达了他和十二月党人的关系。

春天，春天，爱的时节……

春天，春天，爱的时节，
我怎堪承受你的呈现？
在我的血里，在我的心中，
激起令人陶醉的熬煎……
心儿多么排斥享受……
一切欢欣和闪光的东西
都只平添厌倦和烦忧。
快给我来一场暴风雪，
和那漫长的冬的黑夜。

（1827 年）

献给道先生[1]

为什么你那神奇的铅笔
要素描我这黑人的侧影?
即便你能让它流传百世,
连魔鬼也对它发出嘘声。

请一画奥列尼娜[2]的面容。
一旦遇灵感涌动的时分,
天才就应当全身心地
专门倾慕于美和青春。

(1828 年)

① 此诗的诗题是用英语所写,是献给英国画家乔治·道(1781—1829)的。道先生的生平不详,只知他曾在俄国侨居多年,并曾为普希金画过素描。

② 安娜·阿列克谢耶夫娜·奥列尼娜(1808—1888),普希金的女友。普希金爱过她,但因普希金政治上存在问题而未能遂愿。

你　和　您

她[1]说走了嘴，把泛泛的“您”，
用一个亲切的“你”字代替，
于是在这颗钟情的心中
把联翩的幸福遐想勾起。
站在她面前我沉思起来，
把视线移开她我无能为力；
我对她说：“您多么可爱！”
心里在想：“我多么爱你！”

（1828 年）

---

① 指安·阿·奥列尼娜。

枉然的天赋，偶然的天赋……

1828 年 5 月 26 日[①]

枉然的天赋，偶然的天赋，
生命啊，为什么把你交给我？
为什么你受厄运的判处，
又把你往死刑台上发落？

是谁使用了敌对的权力，
从虚无中把我唤到人间，
用激情把我的心灵充溢，
用疑惑使我的心智不安？……

在我面前茫无目的：
心灵空虚，头脑空闲，
生活的喧嚣充塞我耳际，
用忧伤折磨我的心田。

（1828 年）

① 这是普希金的生日，手稿中有“为生日而作”的字样。

寒风还在飕飕地刮着……[1]

寒风还在飕飕地刮着，
给大地送来料峭的春寒，
初生的小花刚刚出现在
春雪融化后露土的地段，
像从奇异的腊质的王国，
从芬芳的蜜制的修道小室[2]，
飞出来今年第一只蜜蜂，
朝早开的小花丛中飞驰，
打听美丽的春天的消息：
这尊贵的客人是否快临降，
草地是否又快要吐绿，
在满头鬈发的白桦树上，
黏性的嫩叶是否快绽放，
是否快闻到稠李的芬芳。

（1828 年）

---

① 这是诗人生前未发表的诗稿，原诗无韵。
② 指蜂巢。

美人啊，别在我身边唱起……[1]

美人[2]啊，别在我身边唱起
那忧伤的格鲁吉亚的歌，
这歌声总会使我想起
遥远的海岸和别样的生活。

唉！你那心狠的歌调
总会使我想起那草原，
那黑夜和那沐浴着月照、
遥远、可怜的少女的容颜。

看见了你，我就会忘记
那个可爱的命定的幻影；
但你一唱起歌来，那影子
又在我想象中栩栩如生。

---

① 这首诗是普希金献给奥列尼娜的，有一天，格林卡在奥列尼娜家的钢琴上弹了一段格鲁吉亚曲调，在座有人建议最好请谁为它作词。普希金当即答应了。

② 指奥列尼娜。

美人啊，别在我身边唱起
那忧伤的格鲁吉亚的歌，
这歌声总会使我想起
遥远的海岸和别样的生活。

（1828 年）

预　感[①]

团团乌云在我的头顶
重又悄悄地层层密布，
嫉妒的命运又用不幸
使我预先感觉到可怖……
我能否对命运保持轻蔑？
我能否用我高傲的青春
所富有的倔强和坚韧不拔
去迎击命运，与它抗衡？

我已倦于狂暴的生活，
漠然等待着风暴的来到，
也许我这次还会得救，
还会把避难的港湾找到……
然而我预感我们的别离，
这无法避免的可怕的时刻，

① 普希金在自己所写《安德列·谢尼埃》一诗以手抄本形式流传而招致沙皇的传讯后，预感到将再次遭受迫害，他把这种心境写在这首给安娜·奥列尼娜的诗中。

我的天使，我要急忙地
最后一次将你的手紧握。

我的温和而安详的天使，
请悄悄对我说一声“再见”。
伤心吧，你尽管对我抬起
或垂下你那多情的双眼。
我将永远地把你回忆，
我将在心里用你来取代
青年时代所赋予我的
力量、骄傲、勇气和期待。

（1828 年）

乌鸦朝着乌鸦飞去……

乌鸦朝着乌鸦飞去，
乌鸦对着乌鸦聒噪，
乌鸦！我们在哪儿午餐？
消息怎么让我们知道？

乌鸦对着乌鸦回答：
我知道哪儿有午餐可吃；
在荒原上那爆竹柳丛下，
躺着一名被杀死的勇士。

谁被杀了？为什么被杀？
只有苍鹰一清二楚，
还有那匹黑色的骏马，
还有年轻的家庭主妇。

苍鹰已经飞进丛林，
仇人跨上骏马飞奔
主妇在等活的情郎，
而不是被杀死的主人。

（1828 年）

一朵小花

我发现那忘在书中的小花，
它早已凋败，失去芳香，
我的心顿时感到惊讶，
充满了稀奇古怪的遐想。

它开在何处？在什么时候？
开得久吗？由谁采摘？
出自陌生人或熟人之手？
又是为何被夹进书来？

给一次柔情的幽会留念，
或是为纪念命定的别离？
或是为铭记在林荫中间
或荒僻野地漫步的孤寂？

他还活着吗？她是否健在？
如今何处是他们的家？
或许他们早已衰败，
像这朵无人知晓的小花。

（1828 年）

她的眼睛

她很可爱——我只对你说——
她是宫廷骑士们遭际的雷，
她那双车尔凯斯人的眼睛
可以同南国的星星相媲美，
尤其可以同诗歌比高低，
她用那眼睛大胆地传情，
她们燃烧得比火焰更亮丽
然而，我自己应该承认，
奥列尼娜的眼才真叫美！
里面有多少幽深的精灵，
里面有多少童稚的天真，
又有多少慵懒的神情，
又有多少欢悦的憧憬！……
她以列利[①]的微笑把它们低垂——
它们含着优雅自若的惬意，
有如那位拉菲尔天使，
一抬眼，就仰视上帝。

（1828 年）

① 斯拉夫多神教中婚姻和爱情的保护神。

给伊·尼·乌沙科娃[1]

您是造化的一个宠儿，
它让您一人得天独厚；
我们无尽无休地夸赞，
反使您觉得厌烦难受。
您自己早已十分清楚：
理所当然要令人倾倒；
您有阿尔米达[2]的秋波，
您有西尔菲达[3]的柳腰，
您那两片鲜红的芳唇，
像和谐的玫瑰般妖娆。
我们的诗，我们的散文，
对您只是纷扰和徒劳。
可是那对美人的回忆

---

① 伊丽莎白·尼古拉耶夫娜·乌沙科娃（1810—1872），普希金的女友，是他另一女友叶卡捷琳娜·尼古拉耶夫娜·乌沙科娃的妹妹，在她的纪念册里保存了不少普希金画的素描。

② 意大利诗人塔索的长诗《解放了的耶路撒冷》的女主人公，是个有魔力的美女。

③ 西欧某些民族神话中的女气精或气仙女，常用来比喻婀娜多姿的美女。

一经勾起了我的心魂，
我就要把一挥而就的诗，
往您的纪念册里留存。
也许您将会不禁想起，
有个人曾经将您歌唱，
当普列斯尼亚广场[①]四周，
还没有围起一道板墙。

（1829 年）

① 位于旧莫斯科市区（西部），在有乌沙科娃住宅的中普列斯尼亚近旁。

当驱车驶近伊若雷站……

当驱车驶近伊若雷站，
我抬眼望了一下高天，
立刻回想起您的秋波，
您那蓝光荧荧的双眼。
虽然我如今满怀惆怅，
为您贞洁的美色销魂，
虽然我在特维尔省里，
一向有万皮尔的雅名，
但我还没有一点胆量
在您的石榴裙下屈尊，
我不愿用钟情的哀求，
去扰乱您的那颗芳心。
也许我带着嫌恶之情，
陶醉于上流社会的浮华，
因此我将暂时地忘却
您那容貌的闭月羞花，
那轻盈的腰身，匀称的动作，
您那小心翼翼的谈话，

还有您那谦恭的沉静、
狡狯的微笑和机灵的眼神。
如果不……我将在一年之后，
再一次踏着旧的脚印，
寻访您那可爱的地方，
不到十一月就对您钟情。

（1829 年）

征　　兆[①]

我去看您，仿佛有一连串
活灵活现的梦在把我缠搅。
月亮从我头顶的右上方，
伴着我勤快的脚步飞跑。

我离开您，于是另一些梦……
忧伤充满了钟情的心，
月亮从我头顶的左上方，
伴我的脚步踽踽而行。

我们诗人也和这一样，
永远孤独地沉湎于幻想；
一些迷信的征兆也如此
与心中的感情一齐消长。

（1829 年）

---

① 这首诗是诗人献给女友凯恩的。

为婴儿①题的墓志铭

在永恒的造物主宝座旁，
愉快、安宁，周身在辉耀，
他含笑地望着尘世间的放逐，
为他的母亲祝福，为父亲祈祷。

（1829 年）

① 指普希金的朋友马·尼·沃尔康斯卡娅两岁的儿子。她是被判处终生服军事苦役的十二月党人谢·戈·沃尔康斯基的妻子，被禁止携带婴儿去西伯利亚。此诗镌刻在彼得堡亚历山大—涅瓦大寺院中婴儿的墓碑上。

夜幕笼罩着格鲁吉亚山冈……

夜幕笼罩着格鲁吉亚山冈，
阿拉瓜河在我面前喧响。
我忧伤而又舒畅，哀思明净；
你的倩影充满我的愁肠，
你，只有你一人……无论是什么
都无法惊扰我的忧伤，
心儿又再次燃烧，又要去爱，
因为，它不能不把你爱上。

（1829 年）

给一位卡尔梅克女郎

别了，可爱的卡尔梅克[1]女郎！
一种值得称道的习惯[2]，
险些跟我的心计作对，
把我吸引到这片草原，
跟着你的大篷车游荡。
你的眼睛当然不够大，
鼻子扁平，额头太宽，
不会悄声絮谈法国话，
你没有用丝绸裹住大腿，
也不会按照英国的习尚，
坐在茶炊前把面包撕碎。
《商玛尔》[3]激不起你的赞赏，
对莎士比亚也兴趣索然，

① 蒙古游牧民族，普希金在《埃尔祖鲁姆旅行记》中谈到遇到过他们的车队。

② 指诗人此前居留吉辛辽夫时，曾在茨冈的帐幕中度过一段时间。

③《商玛尔》(1826)，法国浪漫主义诗人维尼（1797—1863）的一部颠倒历史的历史 小说，普希金对它持否定态度，但当时在俄国颇受上流社会的赞赏。

不会沉浸于无稽的幻想，
当你脑子里空无一念时，
不会低吟："Ma dov' è"[①]；
你不会在俱乐部跳加洛普[②]……
又有何妨？整整半小时，
在仆人驾好我的马之前，
你的秋波，放浪的姿色，
使我理智和感情万般迷恋。
朋友们！把闲得发慌的心
寄托在哪里岂不都一样：
在辉煌的客厅，时髦的包厢，
或是在游牧民族的大篷车上？

（1829 年）

① 意大利歌剧《狄朵之遗弃》中的小歌曲："但你在哪厢（什么地方）。"

② 一种舞会上的舞蹈，1825 年最先出现于法国。

奥列格的盾[①]

尚武好战的大公啊，
当斯拉夫人的大军
随你向君士坦丁堡挺进，
让胜利的旗帜飘扬长空；
你把自己的金刚盾取下，
钉在沙列格勒[②]的城门口，
以便一显罗斯的军威，
叫顽固的希腊人又怕又羞。

同仇敌忾的血战来临，
我们又踏上你的征程。
而今当我们再一次光荣地

---

①1829年俄土战争期间，俄国军队长驱直入，直逼当时土耳其的首都君士坦丁堡，土耳其要战求和。普希金在这时写下这首诗，遥想907年基辅大公奥列格率军攻克君士坦丁堡后将盾牌挂在城门上的豪迈情景。

② 俄国人对君士坦丁堡的旧称。

向伊斯坦布尔[1]威武地进军，
厮杀声震撼了你的山冈，
你嫉妒的呻吟使我们不安，
你那古老的盾牌喝令我军
在伊斯坦布尔城前停止追赶。

（1829 年）

①1453 年土耳其人占领君士坦丁堡后改称伊斯坦布尔。君士坦丁堡原为拜占庭，罗马帝国皇帝君士坦丁大帝迁都于此后才改名为君士坦丁堡，曾经是东罗马帝国（拜占庭帝国）的都城。

我也当过顿河哥萨克……[1]

我也当过顿河哥萨克，
也曾把奥斯曼[2]匪帮追赶，
我带回来了一根马鞭，
当做战斗和帐篷的留念。

在远征中，在战场上，
我把三弦琴保存在身边——
和它形影不离，在墙上
我也挂上了我的马鞭。

对朋友我用不着隐瞒——
我对妻子十分爱恋，
我常常会思念起她来，
因此保存好我的马鞭。

（1829 年）

① 这首诗是普希金依据自己旅途笔记中所载与顿河哥萨克的一次谈话写成。

② 土耳其人的旧称。

顿　　河[1]

在辽阔的原野上闪耀，
它奔流着……顿河，你好！
我从你远方的子孙那里，
给你带来了他们的致意。

百川都知道静静的顿河，
把你视为光荣的长兄；
我从阿拉斯河和幼发拉底河，
给你带来了他们的崇敬。

顿河的骏马穷追敌寇，
停下脚来稍稍地歇息，
如今饮着阿尔巴察[2]的清流，
闻到了自己乡土的气息。

---

①1829年，普希金从俄土战争的前线外高加索回俄国不久写成此诗。诗中谈到的几条河是他归途中所见。

②是阿拉斯河的支流。

我朝夕思慕的顿河啊，
快给你骁勇的哥萨克骑手
备好由你的葡萄园产的
泡沫喷涌的闪光的美酒。

（1829 年）

冬天我们在乡下该做什么？……[①]

（11 月 2 日）

冬天我们在乡下该做什么？
我询问给我端来早茶的仆人：
天气暖和吗？暴风雪是否已停？
地上可有积雪？能不能起身，
骑马转一转，或者还是翻一翻
向邻居借的旧杂志直到吃午饭？
新雪遍地。我们起了床上坐骑，
在田野信马闲行，沐浴着晨曦；
鞭子握在手，身后追赶着猎狗；
我们朝苍白的雪地定睛细看，
转转、跑跑，天色已经不早，
纵狗追不着双兔，便往家转。
多快活啊！黄昏了，风雪咆哮；
烛光幽微，愁绪紧压心头，
点点滴滴，啜饮寂寞的苦酒，

① 这首诗和下面的《冬天的早晨》，皆写于普希金赴彼得堡途中于帕·伊·沃尔夫的特维尔庄园做客期间。

想念书，两眼枉然扫过字母。
神思悠远……我便合上了书，
我拿起笔，坐下来；我想强迫
睡意蒙眬的诗神胡诌上几句，
但声韵不合辙……我已失去
对待韵这奇怪的女侍的一切权利：
诗句苍白、拖沓，冰冷而朦胧。
我心灰意懒，不想再跟竖琴争论，
我走进客厅，听到人们谈着
当前的选举和制糖工厂的事情；
女主人和天气一样紧锁眉尖，
灵巧地拨动着编织用的钢针，
或用纸牌红心的王给人算命。
苦闷啊！这样寂寞地苦度光阴！
但如黄昏时我们在屋角下跳棋，
忽然从远方驾着车朝荒凉的村寨
来了一家人：老太太和两个少女
（姐妹俩都是浅黄鬈发和苗条身材），
这偏僻的角落顿时会热闹起来！
我的上帝，生活变得多丰满！
开头是些凝神而斜视的目光，

继而说几句；接着就是交谈，
然后是会心的微笑，晚会的歌声，
飞旋的华尔兹，桌旁的细语绵绵，
慵倦的目光，还有轻佻的语言，
窄窄的楼梯上的幽会迟迟不肯散；
于是少女趁昏暗走出了门阶；
袒露粉颈和酥胸，任风雪扑面！
但北方的风暴无伤俄国的玫瑰，
严寒天的一吻该是炽热的火焰！
飘雪时的俄国少女有多么鲜艳！

（1829 年）

冬天的早晨

严寒和阳光；多么的晴朗！
我俏丽的朋友，你还在梦乡；
美人儿，该起身了，醒醒吧！
放开你被愉悦遮蔽的目光，
你变成北国的一颗晨星吧，
出现在曙光女神的身旁。

曾记否，昨夜风骤雪乱，
在昏暗的天空到处逞狂；
月亮宛如苍白的斑点，
从云端透射黄色的冷光，
你也满怀忧伤地坐着，
可现在……快向窗外探望：

在那蓝莹莹的天穹之下，
白雪上闪着艳红的阳光，
犹如一条条华美的地毯；
只有透明的树林黝黑如常，

枞树透过白霜泛出翠绿，
河水在冰层下闪闪流淌。

满屋都辉映着琥珀的光彩。
在一只生火的炉子近旁，
响起了噼噼啪啪的欢歌。
多么惬意啊，在暖炕上遐想。
不过你可知道，还不该吩咐
驾栗色牝马拉雪橇把路上？

滑过清晨的茫茫雪原，
好朋友，让我们纵马前往，
驱赶着不慌不忙的马，
去把空闲的田野走访，
拜访不久前还茂密的森林，
和河滨这块亲切的地方。

（1829 年）

我爱过您；也许，我心中……

我爱过您；也许，我心中，
爱情还没有完全消退；
但愿它不再扰乱您吧，
我丝毫不想使您伤悲。
我曾爱过您，默默而无望，
受尽羞怯、嫉妒的折磨；
我爱您是那样真诚、温柔，
愿别人爱您也能够像我。

（1829 年）

皇村的回忆[①]

美丽的花园啊，薄暮冥冥，
被联翩的怀想搅得不宁，
我怀着令人心醉的惆怅的心情，
低头走进你神圣的园庭。
圣经上那个挥霍无度的少年[②]，
把悔恨的苦酒喝得一点也不剩，
最后见到他的祖居之所的时候，
也这样垂下头泣不成声。

为了那毫不足取的幻想，
任凭转瞬即逝的热情正旺，
啊，在那一无所获的浮华的涡流中，
我耗去多少心灵的宝藏。
我久久地流浪，而且常常困顿风尘，

① 这首诗写于1829年12月14日，即十二月党人起义四周年之际。诗未修改完，有一些词是后人根据推测定下来的，和写于1814年的同名的《皇村的回忆》一样，本诗中有诗人对皇村的回忆，更有皇村所引起的对历史的回忆。

② 指圣经上关于浪子的劝诫故事。

满怀悔恨之情，预感到灾祸临降，
我总要想起你，想起这幸福的地方，
总要把这些花园怀想。

我想象从前那幸福的日子，
皇村学校再现在你们眼前，
我又听到我们游戏的喧声笑语，
重新看见亲如一家的友伴。
我此刻顿觉诗兴勃发，怡然忘情，
又像位娇少年，忽而热烈，忽而倦怠，
心中怀着一些模模糊糊的幻想，
在草地和默默的树林徘徊。

我分明十分清晰地看见
过往岁月的骄傲的痕迹。
看见伟大的夫人①喜爱的花园，
那里洋溢着她的气息，
那里满目都是殿堂、大门、立柱，

①指叶卡捷琳娜二世（1729—1796），原为彼得三世的皇后，后通过宫廷政变废彼得三世自立为女皇。

到处都是塔楼、一尊尊崇拜的偶像，
还有叶卡捷琳娜的英杰们[①]的
大理石的荣耀、黄铜的褒奖。

这些英雄的一个个幽灵，
都在给他们的立柱旁坐定，
瞧，这都是驱散敌军的英雄，
加古尔河两岸逞威的彼隆[②]。
这就是北国旗舰的强大首领[③]，
他目睹烈火般的海飞舞、翻腾；
这就是他忠实的胞兄[④],阿尔希贝拉克[⑤]的英雄，
这就是汉尼拔[⑥]，纳瓦林要塞的功臣。

---

① 指叶卡捷琳娜时代的统帅们。

② 指彼·亚·鲁勉采夫—扎杜纳伊斯基（1768—1774），胜利地进行了“第一次土耳其战争”。

③ 指阿·戈·奥尔洛夫—契斯缅斯基（1768—1808），在他的指挥下，俄国舰队曾烧毁一个土耳其分舰队。他是叶卡捷琳娜宫廷政变中的得力干将。

④ 指费·戈·奥尔洛夫（1734—1783），切斯马海战参加者，曾支持叶卡捷琳娜实行政变。

⑤ 意大利的一个群岛。

⑥ 普希金母系的远祖伊万·阿勃拉莫维奇·汉尼拔（1736—1801），即“彼得大帝的黑奴”阿·彼·汉尼拔的长子，在1770年攻克了土耳其的纳瓦林要塞。

我从童年时起就在这里，
在多次圣洁的怀想中长成，
这时候人民战争的滔滔洪流[①]
汹涌澎湃，一片愤恨声。
一种对血战的关切笼罩着祖国，
俄罗斯前进了，从我们身边驰过
乌云般的骑兵、大胡子的步兵，
还有那闪亮的铜炮一座座。

我们嫉妒地望着年轻的士兵，
贪婪地倾听战场遥远的声音。
于是我们愤愤不平地诅咒童年，
并且诅咒学科紧缚着我们。
许多人未能生还。伴着新的歌声，
他们光荣地倒在波罗金诺战场，
在库兹明高地，在立陶宛密林，
死在靠近蒙马尔特[②]的地方。

（1829 年）

① 指俄国 1812 年的卫国战争。

②1860 年后巴黎的一个郊区。在巴黎公社的起义中负有盛名。

我们走吧，无论上哪儿我都愿意……

我们走吧，无论上哪儿我都愿意[①]，
朋友们，随便你们想要去什么地方，
为了远离骄傲的人儿，我都愿意奉陪：
不管是到遥远中国的长城边上，
也不管是去人声鼎沸的巴黎市街，
到夜间船夫[②]不再歌唱塔索的地方，
那里在古城[③]的灰烬下圣尸还在昏睡，
只有柏树林子还在散发着馨香，
哪里我都愿去。走吧……但朋友们，
请问我的热情在漂泊中可会消亡？

① 普希金此时心情不佳：因擅自去军队而受到当局的严厉斥责之后，又遭到纳·尼·冈察洛娃（未来的妻子）的冷遇，因此提出去法国或意大利旅行，或随派往中国的外交使团同行的申请，结果也遭到拒绝。

② 指意大利威尼斯的小游艇划手，塔索之所以不再被他们歌唱，是因为当时威尼斯正被奥地利人占领。

③ 指两千年前古罗马的一些毁于火山喷发的城市，在普希金的时代已被完好无损地发现。

我将要忘却骄傲而折磨人的姑娘[1]，
还是仍要到她跟前忍受她的怒气，
把我的爱情作为通常的献礼捧上？
……

（1829 年）

① 指他的未婚妻纳·尼·冈察洛娃。

不论我漫步在喧闹的大街……

不论我漫步在喧闹的大街，
还是走进人众多的教堂，
或者坐在狂放的少年当中，
我总是沉湎于我的遐想。

我自言自语：岁月如飞，
这里无论我们有多少人，
都将要走进永恒的圆拱——
有些人的寿限已经逼近。

每当我望见孤零零的橡树，
我总想：这林中长老的年轮，
将活过我湮没无闻的一生，
如同他活过了多少代先人。

每当我抚爱我可爱的婴儿，
我早就想向他说声：别了！
让我来给你腾个位置吧：

我该衰朽，你满身春色。

对于每一天，对于每一年，
我习惯于让思索给它们送行，
我努力从岁月中猜度出，
何年何日将是我的忌辰。

命运在何处派来死神？
在战场，客中，还是浪尖？
或者将由附近的峡谷，
来把我这具寒尸收敛？

纵然对于无知觉的尸体，
在哪里腐烂反正都一样，
但我仍愿意我的长眠处
尽量靠近我心爱的地方。

但愿在我的寒墓入口，
将会有年轻生命的欢乐，
但愿淡漠无情的大自然，
将展示它永不衰的美色。

（1829 年）

高 加 索

高加索在我脚下。我兀立山巅，
在悬崖边缘的积雪之上出现，
一只苍鹰从远方的峰顶腾起，
一动不动地翱翔在我的眼前。
从这里我见到了急流的源头，
和那可怕的雪崩的初次塌陷。

这里，乌云在我脚下温顺地飘移，
透过云层传来了瀑布倾注的喧响；
云幕底下矗立着光裸的巨崖险壁；
往下已有枯索的苔藓和灌木生长；
再往下面都是丛林和绿色的阴翳，
野鹿匆匆奔跑，小鸟儿啾啾鸣唱。

在那里，一些人家居住在山坳，
只只白羊沿着青绿的陡壁攀高，
一个牧人朝着欢乐的谷地走下，
阿拉瓜河在狭窄的两岸间迅跑。

一个贫穷的骑手掩藏在山谷中，
捷列克河正充满狂喜，急浪滔滔。

它像一头从铁笼中望见食物的
初生的兽犊那样在咆哮、戏玩，
怀着枉费心机的敌意向河岸冲击，
用如饥似渴的波浪舐吮着山岩……
但却枉然！没有食物，没有欢愉：
沉默的峭壁可怕地把它夹在中间。

（1829 年）

雪　　崩

巨浪拍打阴郁的巉岩，
喧响不息，飞沫四溅，
苍鹰在我头顶上鸣叫，
　　松林在哀怨，
那雾海浮沉的崇山峻岭
　　闪亮着银冠。

有一次突然从峰顶塌落
一大堆雪，它隆隆作响，
在峭壁间的深谷夹道中
　　筑起了屏障，
于是挡住了捷列克河
　　滔滔的巨浪。

捷列克河啊，你筋疲力尽后
安静了，突然停止了咆哮；
但又百折不回，怒捣冰雪，
　　凿出了通道……

你野性大发，淹没了两岸，
　　一片水滔滔。

崩裂的冰层一直躺在谷中，
这庞然大物未见消融，
愤怒的捷列克河从底下冲过，
　　它掀起水尘
和喧嚣不息的飞沫，润湿着
　　冰冷的苍穹。

头顶上有一条宽阔的通路：
沿着它，骏马奔驰，老牛移步，
草原的商人一步步前行，
　　牵着匹骆驼，
如今只有风神这空中居民
　　从这里驰过。

（1829 年）

卡兹别克山上的寺院

卡兹别克，你雄伟的天幕，
高高俯瞰着层峦叠嶂，
闪耀着这永恒的光辉。
有如天上的方舟翱翔，
你的寺院耸立在云端[①]，
依稀飞翔在群山之上。

我所渴望的迢迢的彼岸！
我真想对峡谷说声“再见”，
然后攀上那自由的峰顶！
我真愿意和上帝为邻，
到那云外的禅室隐身！……

（1829 年）

① 指古老的格鲁吉亚教堂茨明达·萨灭巴。

勇　　士

山冈外传来对射的枪声，
敌营与我营正虎视眈眈，
山冈上，在哥萨克们眼前，
一个漂亮的勇士在盘旋。

勇士！可别闯入哥萨克战阵，
切莫把自己的性命送掉；
大胆的娱乐会使人突然遭殃，
只消你不幸碰上了梭镖。

喂，哥萨克，别投入战斗！
一个勇士驱策着战马，
他要用弯弯的军刀从肩头
把你那剽悍的头砍下。

对驰，遭遇，共同喊叫……
你们快瞧！结果可好？……
勇士身上已中了梭镖，
可哥萨克的脑袋飞了。

（1829 年）

当鼓噪一时的流言飞语……

当鼓噪一时的流言飞语，
玷污你那青春的年华，
你便会丧失对荣誉的权利，
处在上流社会的判决下。

在这薄情的世人之中，
唯独我一人与你分忧，
为你向着漠然的神像，
发出毫不灵验的祈求。

但上流社会……绝不会改变
它那残酷无情的惩罚：
它不会鞭挞自己的谬误，
反却替它们隐恶作假。

上流社会的爱慕虚荣，
它对伪善的孜孜追逐，

应受我们同等的蔑视：
让心儿披上忘怀之幕；

切莫啜饮这痛苦的毒酒；
快从闷人的花花世界出走；
抛下这些疯狂的欢娱吧，
唯独我一人是你的朋友。

（1829 年）

题征服者的半身雕像①

在这里你枉然发现败笔：
艺术的妙手把一丝微笑
挂到这大理石铸的嘴边，
怒气抹在冰凉光亮的额角。
相悖的表情并不是无因。
这位统治者也就是这样：
习惯于互相矛盾的感情，
相貌和生活与丑角相仿。

（1829 年）

① 这是指亚历山大一世的半身雕像，为丹麦雕刻家托瓦尔辛（1768—1844）在 1820 年于华沙所作。

当我用这匿名的讽刺诗……①

当我用这匿名的讽刺诗
给佐依尔②的面目涂上污斑，
必须承认：我没有料到
他会响应我这一挑战。
这些传闻是不是可信？
他敢担保吗？果真这样？
难道我的傻瓜竟招认：
他挨了我的一记耳光。

（1829 年）

① 普希金在嘲讽卡切诺夫斯基的短诗中虽未直呼其名，但在《欧罗巴通报》所载批评普希金《波尔塔瓦》长诗的匿名（实为纳杰日金所写）文章里，却指责普希金“热衷于刻毒的小诗与谩骂”。这首诗就是为回击这种攻击而写。

② 公元前 4 世纪希腊的喜欢吹毛求疵的批评家，应指纳杰日金，但普希金误以为是卡切诺夫斯基。

鞋　匠[1]

（寓言）

有个鞋匠曾经端详一幅画，
他指出所画的鞋上有一处败笔；
画家立即拿起彩笔来修改。
鞋匠双手叉腰还接着评议：
“我觉得面孔稍稍有点偏斜……
这个胸脯是否也裸露太多？……”
阿佩列斯[2]听得已忍无可忍：
“朋友，评论可别把鞋来越过！”

这使我想起我的一位朋友：
我不知道他在哪方面内行，
尽管他在口头上相当严谨，
真见鬼，他竟对一切说短道长[3]，
最好他还是只谈修鞋的行当！

（1829 年）

① 这首诗是普希金针锋相对地回敬纳杰日金的，因为纳杰日金无理指责了他的《波尔塔瓦》等长诗。

② 是公元前 4 世纪的希腊画家，本诗借用他的口来贬斥对什么都横加评论的人。

③ 这句诗是用于影射纳杰日金在其评《波尔塔瓦》一文中所引用贺拉斯的诗句的：“不要做你力所不及的事”，以此揭露纳杰日金的言行不一。

昆虫集锦 ①

啊，多么小的小牛，
真的，小过一个别针头。
——克雷洛夫

我这里的昆虫集锦，
可供友人们一饱眼福，
这是何等斑斓的家族！
无论从哪里把它们搜寻，
它们的分类都浑然天成！
这儿是瓢虫格林卡 ②，
毒蜘蛛卡切诺夫斯基，
还有斯维宁 ③——俄国甲虫，
加上奥林 ④——黑蚂蚁，

① 这首讽喻诗原来没有点出具体的人名，只是根据各该人名的音节数标上星点作记号，使全诗更有概括性。诗中所列姓名是普希金的同时代人填上的。

② Ф.Н. 格林卡写过一些宗教诗，以软弱无力为其特色。

③ П.П. 斯维宁，当时庸庸碌碌的批评家。

④ В.Н. 奥林，同上。

和小小的甲虫拉伊奇[1]。
它们真是美不胜收！
一个个被人刺穿后定住，
在玻璃柜整齐地陈列着，
一排排配上警句神气十足。

（1829 年）

① C.E.拉伊奇，当时庸庸碌碌的批评家。

世间有个贫寒的骑士……①

世间有个贫寒的骑士，
他沉默寡言，质朴异常，
看起来阴沉而脸色苍白，
但生性勇敢，为人直爽。

他曾经见过一种幻觉，
那简直有点莫名其妙，
而幻觉却刻在心上，
印象竟是那样坚牢。

他曾远去日内瓦旅行，
在那道旁十字架附近，
亲眼目睹圣母玛利亚，
那位天主基督的母亲。

从此他心里燃起激情，

① 普希金生前因为检查上的原因没能发表这首诗。后诗人以更简洁的形式收入《骑士时代的几场戏》。

对旁的女人不屑一看，
直到自己入土进棺材，
不想跟任何女性交谈。

从此他再也不从脸上，
摘除那个钢质的面罩，
他再也不围上围脖了，
只用念珠把脖颈缠绕。

骑士从来不向人祈祷，
不向上帝、上帝之子[1]，
或任何一个神灵祷告，
他真是一个怪人奇士。

他度过多少个不眠之夜，
对圣母玛利亚肃立景仰，
用哀伤的眼神凝望着她，
泪水像河水轻轻地流淌。

他满怀着信念和挚爱，

① 即耶稣。

对笃信上帝十分虔诚，
他用鲜血在盾牌上写道：
“圣母啊，祝你欢欣。”①

与此同时，别的骑士们
正驰骋迎击战栗的敌人，
转战于巴勒斯坦平原，
嘴里喊出夫人们的芳名。

神圣的玫瑰，天庭之光！②
他的喊声大过任何人，
而穆斯林却从四面八方，
威风凛凛地向他逼近。

他返回遥远的城堡后，
遭到了严酷的囚禁，
一味钟情，一味忧伤，
未进神餐就去见死神。

正当骑士弥留的时光，

② 原文为拉丁文。

狡猾的精灵赶到病榻旁，
那恶魔想把骑士的灵魂
拖到自己所在的地方。

他说骑士不祷告上帝，
也不知道守规吃斋，
他只是殷勤地追逐
圣母玛利亚的裙钗。

但这位圣母玛利亚，
诚心诚意护佑着他，
并且允许那位骑士
永远进入她的国家。

（1829 年）

我的名字对于你算什么？……[1]

我的名字对于你算什么？
它很快从心中化为乌有，
像遥远海岸溅浪的哀哭，
像密林深处的夜音幽幽。

它在一张纪念的纸页上
会留下失去生命的痕迹，
如墓碑所题花纹般的词章，
用以表述的是难懂的言语。

它算什么呀！它早已被你
在新的焦急不安中忘记。
它不会给你的心灵带去
任何纯洁的温柔的回忆。

但在寂静中，在悲伤的时刻，
你不妨惦念着说出我的名，
不妨说："总算还有人记得我，
世上有一颗装着我的心。"

（1830 年）

---

① 本诗是题在索班斯卡娅（1794—1885）的纪念册上的。

致 诗 人

诗人啊！切莫看重世人对你的喜好，
狂热赞美的短暂喧闹即将逝去，
你将听到笨伯的指责和世人的冷笑，
然而你仍应保持坚定、镇静和沉郁。

你是王者：独自活下去，你应走定
自由的心灵引你走着的自由之路，
你要对珍爱的思想果实精益求精，
不要为崇高的业绩而对褒赏有所求。

褒赏在你心中，你就是最高的法官；
你善于比谁都更严地对劳作进行评判。
你自己对它满意吗，一丝不苟的艺术家？

满意吗？那么就让世人责骂它好了，
就让他们去唾弃点燃你圣火的神坛吧，
就让他们孩子般摇晃你的三脚供桌吧。

（1830 年）

哀　　歌

荒唐岁月里那逝去的欢乐
如令人不安的酒醉折磨我；
往昔的哀伤——也像酒液，
停留我心中愈久远愈浓烈。
我的路凄凉，如汹涌的海洋，
未来只许诺我辛劳和悲伤。

朋友啊，我可不愿就去死；
我要活，为了受苦和深思，
在灾难、操虑和焦急之间，
我相信总会有赏心事相伴。
有时我还会为和谐而陶醉，
为虚构的故事而伤心落泪，
也许，在我悲惨的暮年，
爱情会一闪告别的笑颜。

（1830 年）

诀　　别①

我最后一次在我的心上
敢于拥抱你可爱的倩影，
用心灵的力量唤醒遐想，
带着怯懦而忧郁的温存，
将你给我的爱默默怀想。

我们的岁月更迭又流逝。
改变一切，也改变我们，
对于自己的诗人，你已是
蒙上了一层坟墓的暗影，
对于你，你的朋友已消逝。

远方的女友啊，请接受
我这由衷诀别的情意，
你就像失去丈夫的寡妇，
你就像送友去服刑之前，
默默拥抱过他的朋友。

（1830 年）

① 这首诗是献给 E.K. 沃隆佐娃的。

在这神圣的坟墓之前……[1]

在这神圣的坟墓之前，
我低头肃立，黯然神伤……
全都沉寂了，唯有神灯
在漆黑的殿堂放着微光，
把棵棵大理石柱和一排
垂悬的旌旗抹一层金黄。

在石柱和旗帜下躺着墓主，
这个北国卫队崇拜的偶像，
强国的年高望重的捍卫者，
曾经制伏一切敌寇的猛将，
叶卡捷琳娜王朝一代英杰中
留存下来的最后一根栋梁。

在你在墓中洋溢着一片欢欣!
它向我们发出俄罗斯的声音；
它向我们反复提及那个年头：

① 这首诗写诗人在彼得堡喀山大教堂中库图佐夫墓前的沉思。

一种充满着人民信念的声音，
曾向你圣洁的苍苍白发呼吁：
“去拯救吧！”你挺身而起保国卫民。

如今你再听听我们的心声吧，
挺起身来，拯救沙皇和我们，
啊，严威的老人！请你面对
你所留下的团队的将士们，
到墓口片刻显一显你的雄姿，
鼓舞鼓舞我们的欢欣和热忱。

显现一下吧，并用你的手掌
为我们指出，在领袖们当中
谁是你的继承者、候选人！
但殿堂沉浸在默默无语中，
而你战墓中的永恒的梦境
依旧不动声色，一片寂静……

（1831 年）

波罗金诺周年纪念[1]

每当我们用追念兄弟的酒宴
把伟大的波罗金诺日缅怀，
总要说："不少外族曾来进犯，
气势汹汹，要给俄罗斯降灾；
欧罗巴不是曾经倾巢发动?
是谁的星辰引他们到这里！……
但我们却坚定地站稳脚跟，
用胸膛奋力抵御听命于
傲慢的意志[2]的民族的进逼，
使力量悬殊之争势均力敌。

可如今他们一味自我夸耀，
竟忘却当年灾难性的逃跑；
忘记了俄罗斯的刺刀和白雪

---

① 这首诗写于诗人听到俄国军队攻占华沙的消息之时；这件事正好发生在波罗金诺之战周年纪念日：1831 年 8 月 26 日。这是诗人以大俄罗斯沙文主义情绪弘扬爱国主义精神的少数诗篇中的一篇代表作。

② 指拿破仑。

把他们的光荣埋入荒村野郊。
熟稔的盛宴又把他们引诱——
斯拉夫人的鲜血醉人可口；
然而醉后他们感觉难受；
不过他们的客子梦岂会长留，
在那北国田畴的禾苗之下，
在冰凉而拥挤的新居里头！

快来吧，俄罗斯在呼唤你们！
但你可要知道，我们的贵客！
波兰不会再为你们做向导，
你们可要从波兰的白骨上跨过！……”
这些话兑现了——在波罗金诺日，
我们的战旗又一次破阵闯入
再度陷落的华沙城的缺口；
波兰好像一团奔逃的士兵，
血染的战旗丢弃的尘埃之中，
被镇压的反叛便默不作声。

在战斗中阵亡者受到保护，
我们从不践踏敌人的尸骨；

如今我们不必给他们提醒：
人们把一个个古老的遗训
都保存在无言的传说之中；
我们不想焚毁他们的华沙，
他们看不见那专司报应的
女神那副金刚怒目的面容，
从俄罗斯诗人的竖琴之上，
不会听到怨天尤人的歌声。

而你们，议会中蛊惑人心的人，[①]
尽是些信口雌黄的雄辩者，
你们，平民遭灾的一种警钟，
是俄罗斯的死敌和诽谤者！
你们作何结论呢？……难道俄国人
还只是一个病弱的巨人？
难道北国的光荣还只是
怪事一桩，一场虚假的梦？
你们说，华沙是不是很快
对我们发布它高傲的法令？

①指法国议会里的发言人。

我们该把要塞的版图推向何处？①
过布格②，到沃尔斯克拉③，利曼④？
沃雷恩⑤将要归属于谁？
谁将去占有波格丹⑥的遗产？
立陶宛承认了造反的权利，
是否会从俄国独立出去？
我们这衰朽的金顶的基辅，
这俄罗斯城市的远祖，
是否会让自己坟墓的圣地
去跟狂暴的华沙攀亲戚？

你们风暴般的喧闹和嘶哑的喊声，
难道能扰乱俄罗斯统治者的平静？
你说吧：到底是谁低垂了头？

① 保守的波兰小贵族集团要求将乌克兰合并于波兰。

② 河名。西布格河流经苏波国境，南布格河流经乌克兰西南部而入黑海。

③ 河名。为第聂伯河左支流。

④ 即现在乌克兰哈尔科夫州的一个城镇。

⑤ 为西布格河上流和普里皮亚特河右方各支流，属于基辅罗斯的省份。

⑥ 波格丹·赫米尔尼茨基，17 世纪乌克兰人反抗地主波兰压迫的解放斗争的领袖。

利剑或叫喊这两者谁占了上风？
俄罗斯是否还强盛？战争、流行病、
还有暴动，和国外风暴的逼攻，
丧心病狂地震荡得它不得安宁——
你们看看吧，它仍然岿然不动！
在它周围，风潮全都已经平息——
波兰的命运却从此被注定……

胜利啊！心灵惬意时刻！
俄罗斯，站起来，快快中兴！
轰鸣吧，这普天同庆的欢声！……
但你可要轻轻、轻轻地涌动，
在他躺着的那张灵床的周围；
这奇耻大辱的强有力的复仇者①，
他征服了塔夫尔山②的峰巅，
连埃里温③都屈从于他的威严，
那三次战争④给他编织好了

①伊·费·帕斯凯维奇，季比奇死后，是镇压波兰起义者的俄军的首领。

②土耳其的山系。

③1936年以后称耶烈万，今亚美尼亚共和国的首府。

④指塔夫尔山、埃里温、波罗金诺之战。

一顶苏沃洛夫式的花冠。

苏沃洛夫从自己墓中站起，
看见华沙已经成了俘虏；
在他开创的荣耀的辉映下，
他的幽灵也因之而哆嗦！
他，我们的英雄，他在为你祝福：
愿你解除痛苦，得到安宁；
愿你的战友们作战英勇，
愿传来你的凯旋的喜讯；
祝福他自己年轻的儿孙，
是他带着它向布拉格挺进。

（1831 年）

回　声

无论是野兽在林中吼叫，
或吹起号角，或响起雷鸣，
或少女在山冈那边唱歌——
对于每一种声音，
你无不在那寂寥的空中
顿时就作出回应。

你谛听着阵阵巨雷的轰响，
暴风雨的怒吼，巨浪的鼓荡，
还有乡间牧童的呼喊——
你给一切以反响；
可是对你却无人置理……
诗人，你也是这样！

（1831 年）

皇村学校愈是频繁地……[1]

皇村学校愈是频繁地
庆祝自己神圣的校庆，
我们这个老朋友圈子，
愈是不敢结成大家庭，
这个圈子便愈少出现，
庆典就愈少欢乐气氛，
碰杯的声音就愈沉闷，
我们的歌声就愈多哀音。

人间的风暴一阵阵劲吹，
有时会突然间触及我们，
虽然身在年轻人的筵席，
心儿却常常会变得阴沉；
我们成长了；命运却预示
生活的考验也会光顾我们，
死神常常在我们中间徘徊，

① 这首诗是为庆祝 1831 年 10 月 19 日皇村学校二十周年而写。

并且指定自己的牺牲品。

有着六个已多余的位置，
再也见不着那六个友人，
他们天各一方地安眠着——
或此处殒命，或沙场葬身，
或死在家里，或亡故他乡，
或被病压倒，或饱吞哀伤，
都被带进黑暗的湿土中，
为他们我们曾大哭过一场。

我似乎觉得该轮到我了，
亲爱的杰尔维格[①]在把我呼唤，
这活跃的青春时代的朋友，
这忧郁的青春时代的同伴，
一起唱过青年歌曲的同学，
和你们同赴过欢宴，一道幻想，
这位别我们而去的天才诗人，
正呼唤我们朝亲人的幽灵飞翔。

① 杰尔维格是至此时死去的六同学之一。他的死对普希金震动很大；预感到将在他之后死去，事实果然如此。

啊，亲爱的朋友们，让我们
把我们忠诚的圈子聚得更紧，
我已给长眠的人唱完了圣歌，
还要用希望祝愿健在的人们：
希望你们有朝一日再一次地
出现在皇村学校的酒筵之上，
再一次拥抱全体健在同学，
对充当新的牺牲不必恐慌。

（1831 年）

不，我不珍视那喧闹的宴饮……

不，我不珍视那喧闹的宴饮，
感官上的兴奋，疯狂，变钝，
呻吟，放荡的青年妇女的叫喊，
当她像条蛇盘绕在我的怀中，
用那火热的温情和接吻的瘟疫
催赶那最后战栗的时刻来临！

啊，你多可爱，我温顺的美人，
啊，因为有了你我幸福万分，
当你答应了我的久久的祈祷，
温存地委身于我而毫不动心，
腼腆而冷漠，对于我的狂喜
微微回应，对别的听而不闻，
到后来才越来越活跃起来——
最后不由得不分尝我的热情！

（1831 年）

题斯米尔诺娃纪念册①

沉湎于上流社会和宫廷
徒劳无益的焦虑缤纷，
我仍保持着冷峻的目光、
自由的智能、淳朴的心
和那高尚的真理烈焰，
我如同孩子一样善良；
我常嘲笑虚妄的人群，
我作出的判断正确开朗，
并把最阴暗恶毒的笑话
都整整齐齐地直书纸上。

(1832 年)

① 亚历山德拉·奥西波夫娜·斯米尔诺娃具有较高的天赋，普希金曾劝她写作，在她生日时送她一个纪念册并在上面题了这首诗，诗中的“我”在原文中与阴性名词一致，不是自指。

美　　人

她的一切都和谐、奇美，
一切都高出凡俗和情欲；
她在端庄的秀美中静谧，
脸上露出了含娇的羞涩。
她举目一望自己的四周，
不见敌手，也缺失女友；
我们相形见绌的美人群，
在她的辉耀下光彩消遁。

无论你匆匆奔向何方，
纵令去赴爱情的幽会，
无论在你自己的心房
秘藏的幻想有多珍贵，
一遇见她，你就会窘困，
你就会不由得突然呆住，
怀着对神明的虔诚之心，
面对这一尊美的圣物。

（1832 年）

上帝保佑别让我发疯……

上帝保佑别让我发疯。
不，宁肯要拐杖和讨饭袋；
不，宁肯要劳动和饥饿。
并非因为我是在珍爱
我的理性；并非因为
我不愿和理性分开。

假如能让我无拘无束，
我就会欢蹦乱跳地
朝那幽暗的森林奔去！
我就会如痴似醉地唱起，
我就会让自我沉迷在
一个个纷乱神奇的梦里。

我就会入迷地谛听涛声，
我就会充满幸福的感情，
向着浩渺的长空眺望；
我就会非常自由、强劲，

像旋风一样刨掘田野，
折断树木像一阵旋风。

但倒霉的是你一旦发疯，
你将可怕得像瘟疫一般，
将有人立刻把你囚禁，
像系傻瓜把你系上锁链，
人们将会前来挑逗你，
像隔着铁栅戏弄野兽一般。

而在夜间我将会听到的，
将不是夜莺嘹亮的啼鸣，
也不是密林深处的喧嚣声——
而是我的同伴们的呼喊，
和值夜看守们发的叫骂，
是那尖叫和镣铐的锒铛声。

（1833 年）

如泛着涟漪的茫茫积雪……

如泛着涟漪的茫茫积雪，
在洁净的田野上闪着银光，
明月朗照着，一辆三套车
飞驰在标有里程的大路上。

唱吧，当旅途寂寞难耐，
在夜幕之下，大路之上，
总有一支豪勇响亮的歌
用亲切的声音滋润我心房。

唱吧，车夫，我将贪婪地
默默倾听你唱的歌声。
明月洒下凄清的光辉，
从远处送来哀婉的风声。
你唱：“松明呀，小松明，
你为何不燃烧得亮晶晶？”

（1833 年）

秋①

（断章）

有什么不进入当时昏昏欲睡的我的脑中？

——杰尔查文

一

十月来临了——小树林从自己光秃的
枝杈上摇落最后的几片枯叶。
寒秋吹一口气——道路便封冻了。
小溪还朝磨坊后潺潺地流泻，
池面已经结上冰。我的邻居
正忙着带上猎具去猎场远行，
疯狂的游乐使秋播地遭到践踏，
猎犬的吠叫唤醒了沉睡的密林。

① 诗人于1830年秋构思此诗，原题为《1830年乡村的秋天》。

二

这正是我的季节，我不爱春天；
我厌烦融雪天；我病春：湿臭、泥泞；
血的跳荡；情感、心智被愁闷窒息。
严寒的冬天更能称我的心，
我爱冬天的雪：在月光照耀下，
和女友乘雪橇飞驰多轻快、逍遥，
她身穿貂皮大衣，温暖而鲜艳，
她紧握您的手，全身抖颤、燃烧！

三

多么惬意啊，双脚穿上冰刀，
在镜子般平坦而凝立的河面滑行！
而冬季节日里那些精彩的惊慌！……
但该说实话；半年雪下个不停。
这情景，就连洞穴里的住客狗熊
也终于厌倦。我们总不能老是
和年轻的阿尔米达[1]同滑一辆雪橇，
或关在双层窗里围着火炉度日。

---

① 意大利诗人塔索诗《解放了的耶路撒冷》中的美女。此处作美女解。

四

啊，美丽的夏天！我也会爱你，
假如无炎热，没有蚊蝇和尘埃。
你折磨我们，损坏我们的心智，
像田野一样，我们遭受着旱灾；
我们但求喝足水，使自己清爽，
没有别的想法，只眷恋冬妈妈，
我们用薄饼和红酒先把她送走，
然后再用冷饮和冰食来追荐她。

五

通常人们总是骂晚秋的时节，
但是，亲爱的读者，它使我喜爱，
我爱它显得温和的静谧的美，
像家人中一个不讨人喜欢的小孩，
他却讨我喜欢。坦白对您说，
一年四季中我就喜欢秋季，
它有许多优点；并非徒务虚名的爱好者，
我凭任性的想象发现它一些秘密。

六

这该如何解释？我喜欢它，
大概这就像有时你竟会喜欢
一个患结核的姑娘。虽注定要死，
可怜的人儿倒下时无怒无怨。
在枯萎的唇边还露出一丝微笑；
墓门张开了大嘴，她听而不闻；
鲜艳的红晕还在脸上辉耀，
今朝她活着，明天就离开红尘。

七

忧郁的季节！令人头眩目迷！
我沉醉于你那行将告别的美色，
我爱凋萎中五彩缤纷的大自然，
我爱树林披一身深红色和金色，
树林里的萧萧风声和清新气息，
笼罩天空的一片荡漾的烟霭，
还有那稀疏的阳光，还有那初寒，
那带来隐约威胁的冬的苍迈。

八

每年秋季总焕发我的神采，
俄罗斯的寒冷对我健康有益；
对日常生活我又感到热爱，
睡梦和饥饿列队般来到我身体；
我心中的血在轻松、欢快地涌动
热望在沸腾——我幸福、年轻如前，
我又溢满生命——我这肌体
（我原谅我不必要的散文字眼）。

九

给我牵来了骏马，它驮着我
扬着鬃毛在宽阔的荒野驰骋，
在它闪亮的马蹄下不停地响起
冻结的山谷和碎裂的薄冰的声音。
但短短的白日一熄灭，在被忘的炉中
又燃起火苗，时而烧得通明，
时而火光微微，我面炉而读，
或者把深长的思绪在心中萌生。

十

我便忘却世界，在甜蜜的静谧中
我便甜蜜地沉浸在我的想象里，
诗情渐渐地在我心中苏醒了，
心灵便受到抒情波涛的冲击，
它颤栗，它呼求，它像在梦中似的，
寻求最终能自由地倾吐胸臆，
此时朝我走来的是一群幻影——
我的老相识，我的幻想的果实。

十一

于是头脑里的思潮汹涌而至，
轻快的韵脚迎着它疾奔而来，
手指求诸笔端，笔求助于纸，
刹那间——诗章一行行写得飞快。
像安睡在死水上的一艘大船，
可是，听！水手们的急忙行动，
爬上爬下，帆都鼓满了风，
这庞然大物扬帆破浪前进。

十二

它在航行，可我们朝何处航行？

……

（1833 年）

该动身了，我的朋友，心要求平静……[1]

该动身了，我的朋友，心要求平静；
一天跟随一天飞逝，而每一点钟
带走一部分生命，而我和你两个人
才打算生活下去，一看恰恰快寿终；
世上没有幸福，但有着平静和意向；
我早就对令人羡慕的运命梦寐以求；
我这个疲惫的奴隶早已企图逃走，
到从事劳作和尽享安逸的遥远居处。

（1834 年）

① 这首诗是普希金写给妻子的，因为她曾反对他离开彼得堡去乡下专门从事创作。

夜　　莺[①]

夜莺啊，我的小夜莺，
林间幼小的飞鸟！
小鸟呀，你有三支歌
反复地鸣唱不换调，
我这个小伙子呀，
有三件大事把心操！
说到头一件心事嘛，
给小伙子完婚还算早；
再说我第二件心事吧，
我的乌骓马已疲劳；
至于第三件心事么，
狠心的人们硬是让
美丽的姑娘把我抛。
在那广阔的田野上，
你给我先把墓挖好，
再在我的头顶上，

① 这是组诗《西斯拉夫人之歌》（共十六首）中的第九首。这部组诗的前九首和第十三、十六首是普希金根据法国作家梅里美诗集《居士拉》中的作品意译而得。

栽一些红花来环绕，
再在我的脚旁边，
引来清泉水一道，
美丽的姑娘走过时，
便可把花冠编造；
年老的人们走过时，
便可把泉水取淘。

（1834 年）

骏　马[1]

我的快马，你为何嘶叫？
你为何垂下你的脖颈？
为何不再抖动你的鬃毛，
不再把马嚼咬得紧紧？
莫非我没把你好生照料？
莫非你没有把燕麦吃饱？
莫非因马具还不够美丽？
莫非因缰绳并非丝织成？
莫非嫌蹄铁没有镶白银？
莫非嫌马蹬没有镀黄金？

哀婉的马这样回答道：
“我变得驯服了，这是因为
我听到远方马蹄的奔跑。
箭矢嗖嗖响，号角阵阵吹；
我要嘶叫了，这是因为

① 这是组诗《西斯拉夫人之歌》中的第十六首。

在田野逍遥不了多久，
不会太久受照料和显示美，
炫耀身上亮丽的甲胄；
这是因为严酷的敌人
很快会把我的鞍具夺走，
将从我四只轻捷的蹄上
把我这镶银的掌子抢到手；
我的心灵非常痛苦，
因为敌人将剥下你的皮，
拿来顶替我的鞍褥，
盖上我汗湿的身腰和背脊。”

（1834 年）

我原以为，心儿已忘却……

我原以为，心儿已忘却
轻易地感受痛苦的能力，
我曾说过："过去的一切
已成为过去！已成为过去！
过去了，由轻信滋生的梦际，
过去了，那欢乐和悲伤……"
但一旦面对着美的威力，
又一次颤抖起我的心房。

（1835 年）

乌 云

暴风雨最后残留的乌云！
独有你驰过晴朗的蓝天，
独有你投下灰暗的阴影，
使欢欣的日子顿失欢颜。

不久前你还把穹天环抱，
电闪可怖地缠住你的腰身；
你发出隐秘的雷的咆哮，
斟雨水让干渴的大地痛饮。

够了，隐退吧，已时过境迁，
大地清新了，雷雨去无迹：
风儿在抚弄着树上的叶片，
眼看要把你驱逐出天际。

（1835 年）

我又重访了……①

……我又重访了
那块土地，在那里，默默地
我度过两个流放的年头。
从那时起已过去十年了，
生活中又有了多少变化！
我自己也顺从普遍的规律，
有所改变，但回到这里，
往事便不由得将我缠绕，
仿佛昨晚我还在这片
丛林里迈步。

这是贬居的小屋，
我和可怜的奶娘曾住过。
老妈妈已不在——隔着墙壁

① 这是普希金在1835年9月16日所写重访米哈伊洛夫斯科耶（父母的领地，1824—1826年被沙皇政府幽禁于此达两年之久）后的观感的诗，全诗充满万千的感慨和对奶娘的思念。本诗是无韵诗，有节奏无韵脚，译文也重在移植节奏，但不押韵。

我再也听不到她沉重的脚步，
再也听不到她殷勤的问寒问暖声。

这是树木丛生的山丘，
我常呆坐在上面，凝视着
一片湖水，并忧伤地回忆起
另一些坡岸，另一些波浪[1]……
在金色的田畴和绿色的牧场间
湛蓝的湖水辽阔地伸展着，
一个渔夫驾一叶扁舟，
身后曳着一张破网，
正划过那莫测深浅的水面，
靠缓斜的岸边是点点村落，
村后那歪斜的磨坊的两翼
吃力地迎风旋转……
在祖传领地的
边界之上，在一条被雨水
冲蚀的道路通往山上的地方，
高高地耸立着三棵青松：

① 指黑海滨，普希金流放在敖德萨时常去海边散步。

一棵稍远，两棵紧挨着，
当我在明媚的月光下面，
骑马经过它们的身旁，
树梢便用熟悉的簌簌声
对我欢迎。如今我又骑马
走过那条路，重又看见了
三棵树，它们风姿依旧，
听熟的簌簌声也一如从前，
只是在它们老迈的根旁
（从前，那儿空洞洞而赤裸裸）。
如今长起了年轻的树丛，
绿色的家庭；在它们荫庇下，
灌木像孩子般拥挤，在远处，
兀立着它们忧郁的同伴，
活像个年老的单身汉，它周围，
一切依旧空空的。
你们好，我的
素不相识的年轻一代！
我已看不到你们的成长，
那时你们将高过我的老相识，
你们将不让过路人看见

它们苍老的头顶。让我的
孙儿来听听你们欢迎的喧声吧，
到时他与友人闲谈归来，
满怀欢快与欣喜的思绪，
在黑夜里走过你们身旁，
便会想起我来……

（1835 年）

我为自己建造一座非人工的纪念碑……

我竖起一座纪念碑。

——贺拉斯[1]

我为自己建造一座非人工的纪念碑，
人民走向它的路径长不起杂草，
它昂起那颗不肯屈服的头颅耸立着，
比亚历山大纪念柱[2]还高。

不，我不会完全死去，心灵在竖琴[3]里
将逃避腐朽，比尸骨活得更久长，
只要月光下的世上还有一个诗人，
我的名字就能流芳。

我的名字将把整个俄罗斯传遍，
提起我的将会有各种各样的语言，

① 古罗马大诗人，原文为拉丁文。
② 1830—1831 年建于冬宫广场，柱高四十七点五米。
③ 象征诗歌。

无论骄傲的斯拉夫人的子孙，还是芬兰人、
未开化的通古斯人、草原之友卡尔梅克人。

我将久久地受到我的人民的喜爱，
因为我曾用竖琴唤起善良的感情，
因为我歌颂过自由，在这严酷的时代，
还曾为倒下者呼吁过宽容。

哦，缪斯，听从上帝给予的旨意吧，
不要怕受委屈，不要希求桂冠，
对赞美和诽谤同样平心静气地接受吧，
不要去和愚人争辩。

（1836 年）

我逃向锡安高地是枉然……

我逃向锡安高地[1]是枉然，
贪婪的罪孽紧跟我追赶，
仿佛饿狮把鼻孔钻进流沙，
凭脚印的气味把野鹿寻探。

（1836 年）

① 锡安高地是耶路撒冷的一部分，相传是大卫建王宫的坐落处。

不，生活没有让我厌烦……

不，生活没有让我厌烦，
我爱活着，我想活着，
心儿还没有完全冷淡，
尽管已蹉跎青春岁月。
我仍保存感受的欢欣，
为了满足我的好奇心，
为了想象中的美梦成真，
为了对一切……的钟情。

（1836 年）

忘记了树林，忘记了自由……

忘记了树林，忘记了自由，
笼中的黄雀在我头上
啄食谷粒，喷溅水珠，
歌喉婉转，自我欣赏。

（1836 年）

◎叙事诗

余　振　田国彬 译

茨冈人[1]

余振 译

熙熙攘攘的一群茨冈人[2]
在比萨拉比亚[3]平原流浪。
今天他们在河岸上过夜，
撑起了他们破烂的篷帐。
要在广阔的天幕下做起
宁静的梦，像自由般快乐；
马车用毡毯半掩了起来，
车轮中间燃烧起了篝火；
一家人围起来烧着晚饭；

①这部长诗开始写于1824年1月，完成于同年8月。第一次发表于1827年。本诗译文选自《普希金长诗选》（外国文学出版社，1984）。

②过游荡生活的民族。原住印度西北部，10世纪前后开始外移，现几乎遍布世界各地，尤以匈牙利、罗马尼亚为最多。身材短小，肤色黄，目黑而有光，发黑。语言大都由印度语变来。擅长歌舞，过去以卜筮、卖艺、补锅为业。英人在其初到欧洲时误认为埃及人，故称之为吉卜赛人（Gyp-sies），巴尔干半岛诸国称之为茨冈人（Tsigane），俄语亦称цыгаНы。

③即原苏联与罗马尼亚接壤的一带，现为摩尔达维亚和乌克兰两国邻界的地域。

平川旷野正好牧放马匹；
在篷帐外面，驯服的狗熊
自由自在地躺卧在那里；
草原上一切都充满生气：
一家人从容不迫地纷忙，
准备天亮就去附近村镇，
妇女唱歌，孩子们闹嚷嚷，
旅行铁砧也发出了响声。
但接着向这流浪的人群
就降下了梦一般的宁静，
在草原的寂静中只听得
犬的吠叫和马匹的嘶鸣。
四处的灯火都已经熄灭，
一切归于宁静，只有月亮
向着这寂静的流浪人群
从高空倾注下它的清光。
在一座帐篷里有个老人
还没有入睡，坐在炭火前
借它的残烬的余温取暖，
一边凝望着已经笼罩了
一层夜雾的辽远的莽原。

他疼爱的年轻的女儿
到空旷的田野里去游玩，
她惯于随心任性的嬉戏，
她该回来了；但已经很晚，
眼看着月亮就要抛开了
辽阔天空上的朵朵云彩——
简陋的晚餐就快要冷了；
但是金斐拉还不见回来。

那不是，她来了；在草原上
有个小伙子跟在她身后；
茨冈人并不认识小伙子。
女儿对老人说："我的爸爸，
我有个客人，我在山丘后，
在那片旷野上遇见了他，
邀他来野营里住上一宿。
他想同我们一样做一个
茨冈人；法律在迫害着他，
但是我将要做他的女友。
他的名字叫阿列哥——他啊，
他愿意跟我们四处漂流。"

老人

我十分高兴。你今天晚上
可以住在我们的帐篷内，
或者跟我们长久待下去，
只要你自己愿意。我准备
跟你同甘共苦，愿你成为
自家人，习惯我们的命运，
习惯自由、流浪者的贫困；
明天当朝霞上升时我们
就坐上同一辆马车动身；
你随意挑一种活儿干干，
打打铁——要不然就唱唱歌，
到东庄西村去耍耍狗熊。

阿列哥

我就待下去。

金斐拉

他是我的了——
谁能够赶走我的心上人？
但天已不早……弯弯的月亮
沉没了；黑暗笼罩了田野，
睡魔要把我带进梦乡……

天明了。老人轻轻地漫步，
绕着这悄然无声的帐幕。
“太阳出来了，起吧，金斐拉，
是时候了！醒醒吧，我的客人！
孩子们，离开舒适的卧榻！……”
人们涌了出来，一片喧哗；
所有的帐篷都已经拆掉；
马车也都在准备着启程。
一切都同时动了起来——看，
荒漠的原野上人流滚滚。
在驴背上搭着的驮篓里
驮着些嘻嘻哈哈的儿童；
丈夫和兄弟、妻子和姑娘，
老老少少都跟随着步行；
叫喊、喧嚷、茨冈人的合唱、
狗熊的号叫、铁链发出的
刺耳的嚓啦嚓啦的声响、
五颜六色的褴褛的衣裳、
赤身露体的孩子和老人、
狗的狺狺的吠叫和哼鸣、

风笛的呜呜、马车的辚辚，
一切都不协调，粗野，乏味，
但一切又如此活泼生动。
不像我们死一般的安逸，
不像我们懒洋洋的生活，
像生活单调的奴隶之歌！

小伙子带着颗阴郁的心
瞩望着一片荒芜的平原，
他自己也不敢推究推究
他那忧伤的隐秘的根源。
他已是人间自由的居民，
黑眼睛女郎跟他在一起，
太阳在他的头上愉快地
照射着正午璀璨的光辉。
青年的心为了什么跳动？
他有什么忧虑闷在心里？

天国的小鸟儿无从知道
什么是劳累、什么是烦恼；
它也不需要去辛辛苦苦

营筑那经年耐久的窠巢；
深夜里它在树枝上打盹；
东方升起了红色的太阳，
鸟儿就倾听上帝的声音，
拍动着两翼，婉转地歌唱。
度过了春天美丽的季节，
暑热的夏季又将要逝去——
晚秋的季节给人们带来
那朝云暮霭和凄风冷雨，
人们感觉到苦闷和烦恼；
小鸟儿却越过碧色大海，
飞向那遥远的他乡异地
暖和的地方，到明春再来。

他，这漂泊无定的放逐者，
如同那无忧无虑的小鸟，
对什么都不曾有过习惯，
不知何处是栖身的窠巢。
在他看来到处是他的路，
到处都有他安身的所在，
清早醒来他自己的一天

他就交付给上帝去安排，
而生活中的忧思和不安
搅扰不了他心爱的懒散。
诱人的光荣的遥远星辰
有时候会把他魅惑招引；
豪华与欢乐有时候也会
在他的面前意外地来临；
雷霆在他孤寂的头顶上
也不止一次隆隆地轰鸣；
但他在雷雨下处之泰然，
晴朗的白日却睡梦昏昏。——
他生活着，把狡猾盲目的
命运的权威不放在眼中——
可是，上帝啊，爱情曾怎样
戏弄过他那顺从的心灵！
爱情在他苦痛的胸膛里
曾经怎样地激动和沸腾！
它们能否长久地静下去？
它们就要觉醒：请等一等！

金斐拉

告诉我，我的朋友，难道你
不惋惜永远抛掉的一切？

阿列哥

我抛掉了什么？

金斐拉

你会明白：
故国的人和城市的生活。

阿列哥

有何惋惜？如果你经历过，
如果你能够多少想象到
窒息的城市奴役的生活！
那里人在围墙里成了堆，
吸不到清晨的凉爽气息，
闻不到春天草地的香味；
他们出卖着自己的意志，
以爱情为耻，思想被迫害，
在偶像面前低垂下头颅，
只知去祈求锁链和钱财。
我抛掉什么？无情无义的
激动，武断与偏见的惩处，

人群的绝灭理性的倾轧，
或者是光彩夺目的耻辱。

金斐拉

但是那里有高大的宫殿，
那里有花花绿绿的挂毯、
热闹的演唱、喧腾的酒筵，
姑娘们打扮得那么好看！……

阿列哥

城市欢乐的喧嚷算什么？
如没有爱情，便没有欢乐。
而姑娘……你比她们美得多，
虽没有珍珠，虽没有项链、
虽没有她们华丽的服装！
不要变心，我可爱的朋友，
而我呢……我的唯一的愿望
就是同你分享爱情、悠闲
和自由自在流放的时光！

老人

你喜欢我们，虽然你生长
在那些有钱的人们中间。
但一个习惯于安逸的人

不可能把自由永远爱恋。
在我们当中有一个传说：
有一年沙皇给我们这里
流放来一个南方的居民[1]。
（早先记得他贤明的称号，
但现在已忘得干干净净。）
他按年纪来说已经老了，
但无邪的心却活泼年轻——
他有唱歌的非凡的天才，
他的歌喉像流泉的声音。
所有的人都非常喜欢他，
他就在多瑙河边住下来，
他从来不得罪任何的人，
他讲的故事真逗人喜爱；
他不管什么事都不会做，
软弱而胆小像儿童一样；
他要别人替他出去打猎，
捕鱼也要别人替他张网；

① 指古代罗马大诗人奥维德。他被罗马皇帝奥古斯都放逐于多瑙河入海处托美要塞，后来就死在那里。普希金借奥维德的悲惨故事以比自身的命运。罗马皇帝没有称为“沙皇”的，这里称之为“沙皇”，就是隐示此意。

当奔腾的河流冻结起来，
而严冬的狂风肆虐呼啸，
这时人们给神圣的老人
穿戴好长毛的皮衣皮帽；
但是他到底是无法习惯
这贫困生活的辛勤苦劳；
他苍白而憔悴，到处流浪，
他说道，这是他罪愆难逃，
愤怒的上帝降下了惩罚……
他期待：会不会把他宽饶。
不幸的老人总是在苦恼，
整日价徘徊在多瑙河畔，
怀念着他的遥远的城市，
他泪如泉涌，他肝肠寸断，
他弥留时留下几句遗言，
他要把他那客死的尸骨
设法迁送回南方的家园，
死也不会使他得到安息，
如果与这里的土地无缘！

阿列哥

啊，罗马，你赫赫的大国啊，

这就是你的子孙的命运！
爱情的歌手、神灵的歌手，
请你告诉我，什么是光荣？
死后的喧嚷、赞美的歌辞、
一代又一代流传的声名？
或是烟雾腾腾的篷帐里
粗野茨冈人的故事轶闻？

两年过去了。这群平和的
茨冈人依然在各地流浪；
他们随处都找得到安适、
热情的款待，像往日一样。
阿列哥鄙弃文明的枷锁，
像他们似的自在而逍遥；
他过着漂泊流浪的日子，
既没有惋惜，也没有烦恼。
他还是那样，家还是那样；
他已习惯茨冈人的生活，
对过去的事连想都不想。
他爱他们的过夜的篷帐，
他爱贫乏的响亮的语言

和那永远的懒散的舒畅。
狗熊，自己老窝的脱逃者，
他篷帐中毛茸茸的客人，
在村庄里，沿着草原大路，
在摩尔达维亚[①]宫殿附近，
在担心害怕的观众面前，
嚼着那使它厌烦的铁链，
拙笨地跳着舞，吼叫不停；
茨冈老人扶着旅行拐杖，
懒洋洋地敲着鼓，阿列哥
手牵着狗熊，嘴里唱着歌，
金斐拉在场边走来走去
收取乡下人随意的施舍；
夜色将要来临；他们三人
煮着还没有收割的黍米；
老人入睡了——到处是安谧……
帐篷里是昏暗而又静寂。

在春天的阳光下，老人的
凝化了的血液温暖过来；

---

① 原在苏联西南部，现为独立国家。

女儿在摇篮边歌唱爱情，
阿列哥倾听着，面色苍白。

金斐拉

年老的丈夫，凶狠的丈夫，
你杀死我吧，你烧死我吧；
我是刚强的，无论是钢刀，
无论是烈火，我都不害怕。

我打我心底里恨透了你，
根本不把你放在我的眼里；
我在爱着另一个好人儿，
就是死，我的心也不转移。

阿列哥

别唱了。我讨厌这一支歌，
这种野蛮调子我不喜欢。

金斐拉

我唱歌是唱给我自己听，
你不喜欢吗？这与我何干！

　　你杀死我吧，你烧死我吧；
　　我死也不说一句什么话；

年老的丈夫，凶狠的丈夫，
你探听也不会探听出他。

他比那春天还美好可爱，
他比那夏日还热情可亲；
他是多么的年轻又勇敢！
他爱我是多么一往情深！

当那夜半的寂静到来，
我是怎样拥抱他爱抚他！
那时候我们又是怎样地
讪笑过你那苍苍的白发！……

阿列哥

别唱了，金斐拉！我听够了……

金斐拉

那么你听懂了歌的意义？

阿列哥

金斐拉！

金斐拉

你只管生气好了，
我这支歌子唱的就是你。

（走出去，还在唱：“年老的丈夫……”）

老人

是的，我想起，想起这支歌——
我们那时就编了这支歌，
已经很久了，人们为解闷，
大家都传来传去地唱着。
在加古尔[①] 草原上流浪时，
在严寒的冬天的深夜里，
我的玛利乌拉摇着女儿，
面对着炉火，唱着这支歌。
在我的心里逝去的年月
一时比一时更淡漠，淡漠；
但是在我的记忆里仍然
深深地铭刻着这一支歌。

万籁俱寂；深夜。一轮明月
挂在南方的碧蓝的天空。
老人被女儿金斐拉唤醒：
“我的爸爸！阿列哥多可怕，
你听听：他在沉重的梦中

① 多瑙河下游的支流。

一会儿啼哭，一会儿呻吟。”

老人

不要去惊动他。不要作声。
我听说过俄罗斯的传说：
现在恰好是这半夜三更，
家中幽灵压得睡着的人
透不出气；坐到我这边来。
曙光上升前它就会走开。

金斐拉

爸爸！他在低声叫：金斐拉！

老人

在睡梦中他还在找寻你：
你对他比世界还要宝贵。

金斐拉

他的爱我已经感到腻味。
我的心要求自由；我气闷——
我已经……轻点！你听见没有？
他在念叨着别人的姓名……

老人

谁的？

金斐拉

听见吗？嘶哑的呻吟，
发狠的咬牙声！……多么可怕！……
我过去把他叫醒……

老人

没有用，
不要去驱赶夜里的幽灵——
自己会走的。

金斐拉

他翻了个身，
坐起来了，在叫我……他醒啦——
我去看看他——再见，你睡吧。

阿列哥

你在哪里？

金斐拉

和爸爸坐了坐：
有一个幽灵在把你折磨；
你的心灵在梦里受了苦；
你呀，看着你我可真害怕：
你在睡梦中不住地咬牙，
还呼唤着我。

阿列哥

我梦见了你。
我梦见，仿佛在我们当中……
我看见一些可怕的幻影！

金斐拉

别相信那些荒唐的梦境！

阿列哥

啊，无论什么我都不相信：
不相信梦和甜蜜的誓言，
甚至也不相信你这颗心。

老人

年轻的傻孩子，为什么你，
为什么你老是唉声叹气？
在这里，人自由，天空晴朗，
女人们又是出名的美丽。
别哭吧：忧愁会伤害身体。

阿列哥

爸爸啊，现在她不爱我了。

老人

宽心吧，朋友，她是个孩子。

你的忧伤真是没有道理：
你拼死拼活地在爱恋着，
而女人的心却当做儿戏。
你看：在那辽远的天空中
荡漾着一轮自由的月亮；
它无心地向着整个世界
不分厚薄地洒下了清光。
它照着随便哪一朵彩云，
而且照得这样美——但她又，
你看呢，转移向另外一朵；
对这朵也不会留恋多久。
谁能在天空中给它指定
一个地方，说：就待在这里：
谁能对一个少女的心说：
只爱一个人，别三心二意。
宽心吧！

阿列哥

她曾怎样地爱我！
她曾多么温存地俯伏在
我身边，在荒野的寂静里
共度一刻千金夜的时刻！——

她充满了孩子般的快乐，
常常地会用甜美的私语
或是用令人销魂的亲吻
把我心头的那一些忧烦
顷刻间驱赶得无踪无影！……
怎么回事？金斐拉不忠实？
我的金斐拉已经变了心！

老人

你听着，我来给你讲一讲
我自己亲身经历的故事。
在很久以前当俄罗斯人
还没有威胁到多瑙河时——
（你看，阿列哥，我又提起了
那一段年代久远的哀伤）
那时候苏丹[1]使我们害怕；
而从阿凯尔曼[2]的城楼上
总督把整个布扎克[3]统辖——
那个时候我还年纪很轻；

① 即土耳其皇帝。多瑙河下游曾被土耳其统治，各地都派有总督治理。

② 黑海沿岸的小港。

③ 比萨拉比亚南部草原。

我的心正在快乐地跳荡；
而在我的一绺绺鬈发里
还没有一茎染上了银霜——
在年轻美貌的女郎当中
有个姑娘……我很久、很久地
像爱恋太阳般爱恋着她，
终于我把她唤做了我的……

啊，我的青春很快地逝去，
那样快，宛如那彗星一闪！
但是你，我的爱情的时光，
消逝得还要快：玛利乌拉
她爱我只不过短短一年。

有一天在加古尔河近旁
我们遇到另一群流浪人；
那些茨冈人紧靠着我们，
山脚下张起自己的帐篷。
我们在一起共处了两夜。
第三天夜里他们就走啦，
而玛利乌拉抛下小女儿

跟上了他们也一同跑啦。
我睡得很死——当霞光升起，
我醒来一看，不见了女伴！
我寻找、我呼唤——全无踪影……
金斐拉想妈妈，又哭又喊，
我也哭了起来——从这时起
就恨透世上所有的妇女，
我的眼没有从女人当中
给自己再挑选一个伴侣。
我也再没有同任何女子
分享我寂寞悠闲的时日。

阿列哥

但是你怎么不即刻追上，
去抓住这个负心的女人，
抓住那一帮强盗，用钢刀
刺进这个狡猾东西的心？

老人

为什么？青春比鸟还自由，
什么人能够把爱情阻挠？
快乐轮番地赐予一切人；
过去的一切将不再来到。

阿列哥

我可不这样。不，不必多说，
我决不会放弃我的权利！
甚至我会以复仇为享乐。
不！假如在大海的深渊边，
我发现仇人在那里熟睡，
我可以发誓，我的脚一定
不饶恕这个可恶的东西；
我一定马上面不改色地
把无防备的他踢下海去；
而用狰狞的狂笑去谴责
他觉醒中的意外的恐惧，
而跌入深渊扑通的声音
会使我感到可笑和快意。

青年茨冈人

再给我一个……再给一个吻……

金斐拉

该走了：我丈夫嫉妒、凶狠。

茨冈人

一个……但长一点！……临别的吻。

金斐拉

再见吧，趁着他还没有来。

茨冈人

告诉我，什么时候再见面？

金斐拉

今天，月亮上升时，在那里，

在那座土丘后坟堆上边……

茨冈人

她是在骗人！她不会再来！

金斐拉

他来了！快跑！……亲爱的，我来！

阿列哥睡着了：在他心里
正在做着一场杂乱的梦；
他妒火中烧，伸出了手去，
大叫一声，在黑暗中惊醒；
但是他那只战兢兢的手
抓住的只是清冷的被单——
女伴已经远远地离开他……
他颤抖着坐起四面观看……
一切寂静——他充满了恐惧——

浑身一阵发热，一阵发冷，
他站起身来，走出了篷帐，
恶狠地徘徊在马车附近；
一片沉静；田野悄然无声；
夜色深沉；月亮钻进云雾，
星星一闪一闪发着微光，
露水上隐约看出了脚印，
直通到远远的土丘那方：
他焦急不安地走着，朝着
不祥的脚印指引的方向。

他面前，在远远的大道旁
模糊不清闪出一座坟墓……
他心中充满痛苦的预感，
走过去，拖着无力的脚步——
他嘴唇发抖，膝盖在打颤，
他走着……突然……难道这是梦？
他突然看见了两个人影，
在那被亵渎了的坟头上
听到很近的轻轻的说话声——

第一个声音

该走了……

第二个声音

等等……

第一个声音

亲爱的，该走了。

第二个声音

不，等等，让我们待到天明。

第一个声音

不早了。

第二个声音

你怎么这般胆小。

一分钟！

第一个声音

你这是要我的命。

第二个声音

一分钟！

第一个声音

如果我丈夫一醒

发现我不在？……

阿列哥

我已醒来了。

坟前正是你们的好地方；

你们不要慌，你们哪里跑！

金斐拉

亲爱的，快跑，快跑……

阿列哥

哪里跑！

年轻小白脸，你往哪里跑？

倒下吧——

（向他猛刺了一刀。）

金斐拉

阿列哥！

茨冈人

我要死了！……

金斐拉

阿列哥，你杀死，杀死了他！

看：鲜血溅了你一脸一身！

噢，你干下什么？

阿列哥

没有什么。

现在你再享受他的爱情。

金斐拉

不，好，我并不怕你、并不怕！——
我根本瞧不起你的厉害，
我诅咒，诅咒你这种凶杀……

阿列哥

你也在讨死！
（给了她一刀。）

金斐拉

我死也要爱……

朝霞照亮的东方辉耀着；
浑身都是血迹的阿列哥
手里拿着刀，在土丘后边，
在坟前一块石头上坐着。
他面前横陈着两具尸体；
凶手的脸色十分的怕人，
一群茨冈人激动不安地、
畏缩地把他围绕在当中。
人们在一旁挖掘着坟墓，
妇女们哀伤地列成一行

一一地亲吻死者的眼睛。
老父亲独一人坐在那里，
呆呆地望着死去的女儿，
沉浸于无可奈何的悲痛；
人们扶起尸体，抬了过去，
把这对惨死的年轻情侣
放进大地寒冷的怀抱中。
阿列哥远远望着这一切……
当人们用最后一抔黄土
把他们两人的尸体埋好，
他默默地慢慢地垂下头，
从墓石上向草丛中栽倒。

这时候老人走过来说道：
“离开我们吧，你高傲的人。
我们粗野；我们没有法律。
我们也不惩罚，也不处刑——
我们不需要流血的呻吟——
但不愿和凶手活在一起……
你生来不是为粗野生活，
你寻求自由只为了自己；

你的声音我们听得可怕——
我们的心灵怯弱而良善，
你粗暴残忍——离开我们吧，
别了，愿你今后永远平安。”

说完了——熙熙攘攘的一群
流浪的人们离开山谷间
可怕的宿地便即刻动身。
一切消失在远方的草原；
在广漠的宿命的田野里
只留下孤独的一辆马车，
上面覆盖着破烂的毡毯。
正如同冬天将要来临时，
在清晨时弥漫的浓雾里，
一群为了赶程途的野鹤
呱呱地叫着从田野飞起，
向着那遥远的南方飞去，
有时，一只被致命的铅弹
击中，垂下了受伤的两翼，
独一个凄然地留在那里。
夜已降临：黑暗的马车里

没任何人来点灯，没有光照，
撑起的车棚下，直到天明
没有任何人来这里睡觉。

尾　　声

那些快乐或悲哀的时日
靠着赞美歌奇异的力量，
在我蒙眬的记忆中依然
生动地保留它们的景象。

在那个国度，那里战争的
可怕的轰鸣长久地不停，
在那里俄罗斯人强横地
给伊斯坦布尔[①]把疆界划定，
在那里我们的双头老鹰[②]
依然叫嚣着往昔的光荣，
在那里在广阔的草原上，
在那古老的营地的周围，

① 即君士坦丁堡，土耳其帝国的首都。
② 帝俄时代俄国的国徽。

我遇见过善良的茨冈人，
自由子孙的平和的车队。
跟随着他们懒散的人群
我在荒野里同他们闲步，
我常睡在他们的野火前，
分享他们的粗陋的食物。
在缓慢的行进中我爱听
他们歌曲的快乐的声音——
而我很久地口中念诵着
可爱的玛利乌拉的芳名。

但你们也没有什么幸福，
天地间的可怜的子孙们！……
而在破破烂烂的帐篷下
定居的也只是痛苦的梦。
你们的漂泊无定的屋宇
荒野里也不能避开穷困，
到处是无可逃躲的苦难，
没有什么屏障摆脱命运。

（1824 年）

铜 骑 士

（彼得堡的故事）

田国彬　译

前　　言

这是一篇以事实为根据而描写的一个真实的故事。洪水泛滥的详情均引自当时的报刊。如果读者有兴趣的话，可参阅别尔赫[①]撰写的报道。

序　　诗

彼得伫立在涅瓦河岸上，
二目炯炯地凝视着远方，
眼前波涛滚滚汹涌奔腾，
心中蕴育着一个伟大的设想。
河上漂荡着一叶小舟，

① B.B.别尔赫（1781—1834），俄国的历史学家、地理学家。曾著《圣彼得堡历次水灾纪实》（圣彼得堡，1826）。

孤单无告地搏涛击浪，
泥泞的河岸上布满青苔，
疏疏落落几间发黑的草房，
贫穷而饥苦的芬兰人，
在这里栖身苦度时光。
太阳躲在迷蒙的云雾中，
森林享受不到太阳的光芒，
在堤岸的四周随风摇曳，
发出哗哗啦啦的喧响。

彼得心里正在思索运筹：
我们必须从这里开始着手，
兴建起一座新的城市，
（这里进可攻、退可守）
震慑住傲慢的瑞典人，
让周围的四邻躬身伏首。
这是大自然赐予的机遇，
让我们打开通往欧洲的窗口[1]①
我们要在这里站稳脚跟，
让各国的船只来此畅游，

① 普希金原注共五条，用阿拉伯数字标示，排在篇末。

沿着这条新开辟的航道，
迎接来自五湖四海的朋友。

一个世纪已经飞逝而去，
一座新的城市拔地而起，
这是我们北国的花园，
这是我们北国的奇迹。
它在阴暗的森林和沼泽，
傲然地崛起，巍然屹立。
从前，贫困的芬兰渔民，
被大自然悲惨地抛弃，
在这片低洼的海岸上，
靠着打渔来维持生计，
把一张张破旧的渔网，
抛进深浅莫测的大海里。
可是今天，在这片海岸上，
到处充满了蓬勃的生机，
一座座高楼大厦巍峨的宫殿，
在这里错落有致，鳞次栉比。
各国的客轮和商船船队，
络绎不绝地来自世界各地，

驶向这座新兴起的港湾，
这物资丰富的商埠市集，
涅瓦河披着大理石盛装，
一座座铁桥倒映在河里，
在那些大大小小的岛屿上，
一座座花园在浓荫中憩息。
古老的莫斯科黯然失色，
怎么能和这座新都城匹敌，
它恰似一位年老孀居的太后，
在刚刚登基的女皇身旁侍立。

我爱你啊，彼得的杰作，
我爱你端正而严峻的容颜，
涅瓦河汹涌澎湃的波涛，
两岸用大理石砌造的堤岸。
我爱你护栏上的铁铸花纹，
我爱你沉寂幽静的夜晚，
没有明月倾洒的银辉，
天空却笼罩着透明的薄暗，
那个时刻，我无须点灯，
便可以读书和创作诗篇。

空旷沉寂的街道进入梦乡，
沉睡的高楼依然明晰可辨，
海军总部大厦上的尖塔，
在楼群中显得光辉闪灿。
在那金光灿烂的天空中，
只有半个小时笼罩着幽暗[2]，
朝霞匆匆地接替着暮色，
而不让夜幕降下它的帷幔。
我爱你严冬里凝重的大气，
我爱你冰封雪冻的严寒，
涅瓦河上飞驶着的雪橇，
少女们那玫瑰色的笑脸，
舞会上的辉煌和言谈笑语，
单身汉豪爽欢闹的饮宴，
酒杯冒着泡沫吆吆的响声，
以及彭潘趣酒蓝色的火焰①。
我爱你玛斯校场上的壮举②，
我爱你那威武壮观的场面：
步兵和骑兵都排着阵列，

① 潘趣酒是用沸糖酒和糖水及果子露等制的混合饮料。

② 玛斯是希腊神话中的战神。玛斯校场本来是指古罗马的练兵场，这里是指一般的练兵场。

闪光耀眼的军装令人惊叹，
迈着整齐的步伐向前行进，
军旗迎风飞舞预示着凯旋，
铜盔在战斗中弹痕累累，
却那样地炫目——光辉闪灿。
我爱你啊，军政总部的都城，
我爱你要塞上的炮火和硝烟。
为了庆祝北国皇后分娩，
为沙皇的继承人举行的华宴，
或者是又一次击败了敌人，
而举行庄严而隆重的庆典。
或者涅瓦河冲破了坚冰，
并把冰块冲到大海里面，
预示着春姑娘的来临，
人们都欢天喜地展开笑颜。

彼得的城，愿你辉煌灿烂，
像俄罗斯一样巍然屹立，
愿你能征服不可能抗拒的大自然，
让它在你面前不再炫耀它的威力，
愿芬兰湾的海浪永远忘掉，

那充满了仇恨和哀伤的往昔，
不要再挑起无端的仇杀，
来惊扰彼得那永恒的安息！

但是，也曾有过可怕的往事，
说起来我们依旧历历在目，
我的朋友，现在就让我，
把这段往事给你们叙述叙述，
我的故事说来确实很悲惨，
听起来也许会让人伤心痛哭。

第一章

在彼得格勒阴沉的上空，
刮着十一月凛冽的寒风，
涅瓦河掀起了恶涛浊浪，
冲击着河岸是那样迅猛，
恰像一个辗转不安的病人，
在病榻上不停地折腾。
天色已经不早，时近黄昏，
狂风发出了可怕的呼号声，

暴雨猛力地敲打着门窗，
发出令人胆战心惊的嘶鸣。
恰在此时，年轻的叶甫盖尼，
刚从朋友家转回自家的门庭……
我们给主人公起这个名字，
是因为他比较悦耳动听，
而且我的笔和它很有缘分，
因而主人公的名字非它不成。
他的姓氏我们暂且勿须去管，
虽然它过去某时曾显赫有名。
在史学家卡拉姆津的笔下，
在民间的传说中曾光耀门庭，
可现在无论上流社会的舆论，
还是街传巷议都把它忘得干干净净。
我们的主人公住在科隆纳，
他不愿再结识显贵向上攀登，
他既不怀念长眠地下的祖先，
亦不再追忆往日荣耀的家境。

如此这般，叶甫盖尼回到家，
脱掉外套宽衣解带上床就睡，

可是却很久很久难以入梦，
胡思乱想使他如痴如醉。
那么他到底想些什么呢？
他在想，虽然现在家贫卑微，
但是他必须争得别人的尊敬，
取得一个自立于社会的地位。
他要不辞劳苦地去拼搏，
祈祷上帝赐予钱财与智慧，
他想有多少愚蠢的幸运儿，
游手好闲却生活得那么甜美，
为什么他们该那么开心，
而他却总是该如此倒霉！
他还在想，窗外仍是狂风暴雨，
海边上已经涨满了洪水，
涅瓦河已经冲上了堤岸，
把河上的桥梁已全部冲毁。
他想恐怕要到两三天之后，
才能与芭莎拉去见面约会。
于是他伤心地叹了口气，
便像诗人的思绪一样浮想翻飞。

“我能成家立业吗？为什么不能？
当然，这件事不那么容易，
可是没什么，我年轻力壮，
干活我有使不尽的力气，
我可以日夜不停地干活，
每天可以少睡觉少休息。
最重要的是先要想方设法，
给自己找到一处栖身之地，
虽然简陋但要舒适一点，
把芭拉莎也接到新家里，
也许过个一年半载之后，
混个一官半职有点出息，
让芭莎拉来略理和操持家务，
把管教孩子的担子也挑起。
我们就这样风雨同舟地过下去，
永远相亲相爱永远不分离，
让成群的儿孙来养老送终，
死后也把我们合葬在一起……”

这天夜里他一直这样思前想后，
想来想去心中充满了哀伤，

他希求风不要再这样哀号，
雨也不要再这样凄厉疯狂。
暴雨啊，你停一停吧，
不要再如此疯狂地敲打门窗。
他终于，合上了困倦的双眼，
这时在狂风暴雨中天光有些发亮，
接着到来的便是那灾难的一天[3]，……
那个令人恐怖而伤心的时光。
涅瓦河整夜里，
和狂风暴雨进行搏斗和较量，
滔滔河水向大海奔去，
但抵抗不住风的残暴和凶狂。
清晨人们都蜂拥到河边，
惊恐万状地站在河岸上，
看着惊涛骇浪掀起的水花，
像山峰一样的滔天巨浪。
但是从海湾刮过来的狂风，
扼制住了涅瓦河的奋力反抗，
河水汹涌咆哮、激荡翻腾，
倒灌在河中的小岛之上。
这时狂风骤雨更加猛烈，

涅瓦河的水不断地猛涨，
水像开了锅似的沸腾翻滚，
突然，像发疯的猛兽一样，
向着彼得堡猛扑了过来，
把它所遇到的一切一扫而光。
洪水滔滔地涌入地下室，
所到之处都变成一片白茫茫，
地下道里的污水也漫出栅栏，
街道广场都成了一片汪洋，
彼得堡就像海神特里同，
在齐腰深的大水中漂荡……

进攻啊，冲锋！凶涛恶浪，
犹如强盗般向门窗里奔窜，
小船在急驶中船尾撞碎玻璃，
水上漂着摊贩卖货物的托盘，
被冲垮的小屋屋顶、圆木，
支离破碎的栏栅及木头碎片，
商人囤积居奇起来的货物，
贫困穷苦人家的家什破烂，
从坟墓里冲出来的棺木，

暴风雨冲毁的桥梁木板，
所有的东西都漂浮在街上，
应有尽有，真是洋洋大观！
看着神的震怒人们静待着惩罚，
唉，房屋和粮食全被冲完，
怎么办？究竟怎么办？
在这可怕的灾荒之年，
先皇还煊赫地统治着俄国①，
他依旧威严地走到阳台上面，
夜色是那样地忧郁和阴沉，
他神情也显得有些不安和慌乱。
他说：“大自然属上帝管辖，
沙皇无法对它施展威权。”
他坐下来，用忧伤的目光，
无可奈何地看着洪水泛滥。
广场变成了一片片汪洋，
街道像河流一样的奔窜，
滔滔不绝地向广场汇集，
皇宫在大水中像孤岛一般。
他颁发旨意，于是大臣们[4]，

① 先皇是指亚历山大一世，1825 年去世。

把大街小巷全都跑遍，
出没在惊涛骇浪之中，
把惊魂丧胆的人们救出水患，
否则他们会在家中坐以待毙，
无法自救而脱离洪水和苦难。

那时在彼得广场的一隅，
矗立着一座刚刚建成的宫殿，
一对张牙舞爪的石头狮子，
蹲在大楼前的台阶上面。
它们在那里守护着大门，
真是忠于职守、活灵活现。
叶甫盖尼骑着一只石狮子，
被吓得面无血色心惊胆战。
把一双手交叉着放在前胸，
呆呆地坐在那里很是可怜。
这个可怜人不是为自己担心，
也没发觉一双脚已泡在水里面，
贪婪的洪水在继续上涨，
暴雨疯狂地抽打他的脸，
狂风在不停地呼啸和哀号，

头上的帽子也在随风飞旋，
他痴呆地凝视着远方，
圆睁着一对绝望的双眼。
远处像山峰一样的巨浪，
仿佛来自汹涌沸腾的深渊，
而且越来越凶狂、越暴虐，
浪飞潮涌不停地奔泻翻卷。
狂风也在不停地吼叫，
到处都漂流着房屋的碎片……
啊，天哪，在海浪的附近，
几乎就紧靠着海湾的旁边，
有一棵垂柳和未粉刷的墙，
有一座小房已经破旧不堪：
住着相依为命的母女二人，
他的偶像芭莎拉就住在里面……
啊，这是不是在做梦呢？
难道人生就是一场梦幻？
是上天对人世凡尘的嘲弄，
注定要使世人经受磨难？

叶甫盖尼像着了魔法一样，

被死死地钉在石狮子上面，
怎么也下不来！在他的四周，
除了洪水，什么都看不见！
在洪水淹不到的高处，
在波涛汹涌的涅瓦河上面，
耸立着一尊骑着马的铜像，
显得英姿勃勃，威武庄严。
它伸出一只长长的手臂，
目光炯炯地望着远处的蓝天。

第二章

此刻，你再仔细地看一看，
涅瓦河使尽了它破坏的本领，
它已经精疲力竭，疲惫不堪，
它也厌倦了，鄙弃自己的狂暴行径，
一边观赏着自己所带来的灾难，
一边又把劫掠的物品东抛西扔，
恰像一伙凶残的强盗、匪徒，
涅瓦河则充任他们的首领，
突然闯入一座村庄行凶作恶，

打家劫舍烧杀抢掠残暴无情，
随之而来的便是哭喊和叫骂，
所到之处都闹得鸡犬不宁！……
这伙匪徒由于东抢西掠，
已经疲惫不堪又怕有追兵，
把抢来的东西到处乱丢，
急忙忙往回奔走仓皇逃命。

洪水退了，露出了马路和街道，
我的叶甫盖尼还在那儿发怔，
满怀希望、恐惧和忧愁，
犹如一场沉沉的恶梦初醒。
他急匆匆地朝着河边走去，
波浪依旧在愤怒地翻腾，
仿佛在庆祝不久前的凯旋，
浪花闪耀着胜利者的神情：
河水下面犹如燃烧着大火，
水花和泡沫在河面上飞腾，
涅瓦河好像在急促地喘息，
就像刚从战场归来的战马喘息不停。
叶甫盖尼举目眺望着远方，

看见一只小船在河面上飘零，
他喜出望外地奔向小船，
船夫远远地便听到他的喊声。
船夫正好闲着没有事干，
穿过惊涛骇浪？十个戈比就行。

这位久经风浪的船夫，
艰难地在河面上久久地搏涛击浪，
船夫和他运载的船客，
时刻都准备沉入这片汪洋。
但是小船终于到达了彼岸，
叶甫盖尼沿着熟悉的街巷，
向着他牵肠挂肚的地方跑去，
他看到的是一派凄凉的景象：
他面前已是一片杂乱的废墟，
好些东西已被洪水冲光，
有的房子被冲得墙倒屋塌，
就好似经过厮杀的战场，
到处都是横七竖八的尸体，
叶甫盖尼几乎瘫倒在地上，
他只是向着一个地方飞奔而去，

脑海里其他什么都不想。
在那里，不知是吉凶祸福，
他想立即看个仔细端详，
犹如一封未打开的书信，
尚不知里面是祸福凶吉。
这时他已经跑到了郊外，
那是海湾，房子就在近旁，
究竟发生了什么事情？……
他好似被钉在那里一样。
叶甫盖尼一边走一边看，
这儿原来就是她们的小房，
那边曾经有过一棵垂柳，
院子大门就在这个地方，
显然全都被洪水冲走了，
可是那幢房子又在何方？
他心中无比忧虑和焦急，
不停地在那儿徘徊彷徨，
他一个劲儿大声地自言自语，
深陷的双目也是眼泪汪汪，
突然举起手来拍打着脑门，
放声大笑，好似发了狂。

漆黑的夜幕，
已降临这座战栗的都城，
但人们却无法进入梦乡，
他们还在谈论着白天里
所发生的悲惨凄凉的景象。
晨光曦微初现，
透过疲倦而苍白的云朵，
使沉寂的首都上空发亮，
已找不到昨日灾难的痕迹，
紫红色朝霞代替了可怕的景象，
人们又走上了空旷的街道，
一切又都恢复了正常。
脸上都呈现着冷漠的表情，
又在东奔西走四处去奔忙。
那些大大小小的达官贵人，
离开夜里休息的官邸楼房，
匆匆忙忙赶到机关去上班，
大胆妄为的商人又要大干一场：
打开被涅瓦河洗劫的地下仓库，
彻底进行一番查库清仓，
打算从至亲好友的荷包中，

把自己失去的血本再补上。
他们把小船从院子里拖出来，
装上货物准备运往市场。
那位受上天宠爱的诗人，
赫沃斯托夫又大做起文章①，
为这场灾难写下不朽的诗篇，
把涅瓦河两岸的灾难歌唱。

但是我这可怜的叶甫盖尼，
唉，哪里还经得起打击，
他的头脑早已六神无主，
怎能经得起这种强烈的刺激。
狂风鬼哭狼嚎般地吼叫，
涅瓦河的涛声还萦绕在耳际，
他痛苦地踯躅、徘徊在街头，
默默地把可怕的事情回忆。
这场噩梦总是纠缠着他，
无论走到哪里都形影不离。
时光一个星期一个月地过去了，
他从未回到过自己的家里，

① 赫沃斯托夫是普希金同时代的诗人。此处含有讽刺意味。

他租赁的那间幽静的小屋，
早就已经超过了租期。
房主人又把它租给了别人，
一位穷困的诗人住进这里，
他也没有回去取他的衣物，
世人不久就忘记了叶甫盖尼。
他就这样整天到处游荡，
夜里就在码头上找一席之地，
从窗户向人家乞求施舍，
捡些残羹剩饭来充填肚皮，
身上本来穿的就是破旧衣服，
如今早已经破得无法遮体。
一群顽皮的孩子跟在身后，
有时向他投掷石块和果皮，
马车夫也常常挥起鞭子，
朝着他的身上抽打和袭击。
因为他早就已经神志不清，
连自己也不知道要去哪里，
看来他好似疯癫心不在焉，
内心里由于灾难悲痛已极。
他就如此悲惨地度着时日，

人不像人鬼不像鬼地浪迹……
有一次，
他睡在涅瓦河边的码头上，
夏日将过，就要转入秋季，
凄风苦雨的日子来临了，
河水波涛汹涌、如诉如泣，
异常凶猛地拍打着码头，
冲击着堤岸上光滑的石级。
他突然醒了过来，多么悲惨：
风在哀号，秋雨淅淅沥沥，
在远处昏黑的夜色之中，
更夫的呼叫显得更加凄厉。
叶甫盖尼爬了起来，可怕的往事，
重又唤起了他已失去的记忆。
他站起身来又在街上游荡，
可是突然之间好似钉在那里——
他慢慢地扫视着周围的一切，
脸上出现了可怕的恐怖的惊悸。
他原来是走到了一座高楼前，
高大的廊柱挡住了他的身体，
台阶上蹲着一对大石狮子，

张牙舞爪，栩栩如生就像真的，
对面，在栅栏围起的岩石上，
一尊骑马的铜像凌空矗立，
这尊铜像扬起一只手臂，
指着远方无边的天际。

叶甫盖尼猛然打个冷战，
他的神智也随之顿然开朗，
他已经能够辨认得出，
这里正是洪水泛滥的地方，
波涛滚滚奔流着的涅瓦河，
曾在他的身边奔泻发狂。
他认出了广场和那对石狮子，
也认出了那尊骑在马上的铜像。
正是这座铜像屹立在黑暗之中，
昂着不屈的头颅凝视着远方。
正是他凭着自己坚强的意志，
把都城建造在这片海岸之上……
在黑夜里，他显得多么威严！
他的脑海中蕴育着伟大的理想！
他那博大豁达的胸襟里，

又蕴藏着多么伟大的力量！
马的胸中也燃烧着烈焰！
高傲的骏马，你要奔向何方？
你要把四蹄停驻在哪里？
是什么地方使你如此向往？
啊，你这驾驭命运的主宰！
不正是你拉起了这副马缰，
把俄罗斯带到这大海之滨，
让它屹立在这里，扬威四方[5]。

这个疯癫而可怜的人，
围着这座铜像转了一圈，
他用胆怯的目光凝视着，
统治半个世界沙皇的容颜。
只觉得胸口憋闷得厉害，
立刻把头靠在铁栏杆上面。
两眼好似蒙上一层烟雾，
心里面犹如燃烧着烈焰，
鲜血被燃烧得沸腾起来，
他的面孔变得十分阴郁难看。
面对着这尊高傲的铜像，

他紧紧握着拳头咬紧牙关，
犹如鬼魂附体发疯一样，
全身发抖，低声诅咒了一番：
“好哇，你这位奇迹的创造者，
等着瞧吧，我会让你好看……”
突然他转过身来拔腿就跑，
一面跑着，他仿佛还看见：
这位威严不可一世的沙皇，
雷霆大怒，燃起愤怒的火焰，
正转过脸来准备对他……
他拼命逃跑，身后好似有人追赶。
背后发出震耳欲聋的轰鸣——
原来是马蹄叩打和震颤着路面，
在凄凉的月光的照耀下，
啊，那位骑士正把他追赶，
他向空中高高扬起一只手臂，
座下马的蹄声犹如雷鸣一般，
这个可怜的疯子整整一夜，
无论在什么地方徘徊和出现，
总觉得铜骑士紧紧跟在后面，
那马蹄叩打街面的响声，

总是不停地回响在他的耳边。

从那个时候起每当他无意中
再经过那个广场的时候，
脸上总露出惊慌失措的神情，
他总是用手捂住自己的胸口，
仿佛这样便可以抚慰创痛，
并且摘掉那顶破帽子光着头，
惊慌的双眼连看都不敢看，
悄悄地绕道从旁边溜走。

在海边，
遥遥望去可以看见一座小岛，
有时候渔夫归来得太晚，
常常拖着渔网在这里停靠，
在这里做起随意可充饥的晚饭，
或者有的官员星期天来此逍遥，
乘兴驾舟在海滨游荡行乐，
顺便也登上这座荒凉的小岛。
整个岛上一片荒漠寸草不生，
洪水泛滥时曾被大水浸泡，

把一幢破旧的茅屋冲到这里，
已经腐烂发黑，就像一堆杂草。
去年春天曾来过一艘大船，
把破屋搬走后就剩下荒岛。
人们在门口发现了那个疯子，
何时死在这里却难以知晓，
人们埋葬了他那已僵冷的尸体，
并且还为他向上帝做了祈祷。

（1833 年）

普希金原注

1. 阿尔加洛蒂曾说过："彼得堡是俄国瞭望欧洲的窗口。"①

2. 请看维亚泽姆斯基给伯爵夫人 ××× 之诗。②

3. 密茨凯维支曾在他最优秀的一首诗《彼得大帝纪念像》中，用非常优美的诗句描写过彼得堡水灾前一天的景色，可惜他描写得不很准确。当时并未下雪，涅瓦河亦未曾结冰。我们的描写比较确切，虽然不如这位波兰诗人的诗句那么优美和华丽。

4. 米洛拉多维奇伯爵和卡肯陀尔夫侍从武官长。

5. 见密茨凯维支有关铜像的描写，诗人自己指出，这些描写是借用鲁班的诗句。③

---

① 阿尔加洛蒂·弗朗切斯科（1712—1764），意大利作家。他曾于 1739 年访问过俄国，著有《俄国书简》一书，"彼得堡是俄国瞭望欧洲的窗口"（原文为法语），即引自此书。

② 维亚泽姆斯基在其献给伯爵夫人 E.M. 扎瓦多夫斯卡娅《1832 年 4 月 7 日的谈话》一诗中曾描写过彼得堡的景色。

③ В.Г.鲁班是俄国 18 世纪三流诗人，曾写诗歌颂过彼得铜像。普希金在这里提到密茨凯维支的诗仿佛借用过鲁班的诗句，只不过是为了对付检查机关，事实上并无此事。

◎童话诗

丁 鲁 译

渔夫和金鱼的故事

丁鲁 译

有一个老头儿和他的老太婆
住在蓝色的大海旁边；
他们在破旧的土屋子里头
整整住了三十又三年。
老头儿成天撒网打鱼，
老太婆在家纺她的线线。
有一次老头儿往海里撒网，
打上的只有些水藻烂泥儿。
老头儿接着又下了一网，
打上来一些海草须须儿。
老头儿接着下了第三网，
这次打上来一条小鱼儿——
是一条少有的金色的小鱼儿。
这金鱼儿忽然开口求饶！
它用人话苦苦地哀告：
“老人家，放我回海里去吧，
我一定用厚礼给你回报：

给什么都成，只要你需要。”
老头儿听了非常惊讶：
他打鱼三十又三年啦，
从来没听说鱼儿会说话。
他放了这条金色的小鱼儿，
又对它说了些安慰的好话：
“上帝保佑你，金色的小鱼儿，
我不要你给我什么报答；
你游到蓝色的大海里去吧，
去自由自在地尽情玩儿吧。”

老头儿回到老太婆跟前，
把这件怪事儿向她报告。
“今天我打到了一条小鱼儿，
是条少有的金色的小鱼儿；
它能用人话来向我哀告，
请求我放它回到大海，
答应用厚礼给我回报：
不管我有些什么需要。
我把它放回了蓝色的海里，
它给的赎金我可没敢要。”

老太婆对他张嘴就骂：
“笨死你，就这样不会说话！
问它要点儿报酬也害怕！
哪怕要个木盆也好嘛——
我们的那个早已经散架。”

老头儿来到蓝色的海边：
大海轻轻地翻起浪花。
他开始喊那条金色的小鱼儿；
只见金鱼儿游过来问他：
“老人家，你需要一些什么？”
老头儿向它鞠躬回答：
“开开恩吧，金鱼公主啊，
老太婆把我一顿臭骂，
简直不叫我老头儿安生：
她问你要个新的木盆；
我们的那个早已经散架。”
小金鱼回答说：“你别伤心，
上帝保佑你返回家门，
你们会有个新的木盆。”

老头儿回到老太婆那里，
老太婆身边是新的木盆，
可是骂他就骂得更凶：
“你真是一个笨蛋，蠢人！
蠢得就要了一只木盆！
木盆能给你多少好处？
傻瓜，你快回金鱼那儿去；
鞠个躬，要一座木头的房屋。”

老头儿来到蓝色的海边，
蓝色的海水已经浑浊。
他又喊那条金色的小鱼儿。
金鱼儿游过来，又问他说：
“老人家，你还要一些什么？”
老头儿向它鞠了一躬说：
“开开恩吧，金鱼公主啊！
老太婆骂我骂得更凶，
简直不叫我老头儿安生：
这泼妇要座木头的房屋。”
小金鱼回答说：“你别伤心，
上帝保佑你返回家门，

好啦，新房子也会给你们。”

老头儿回到自己的土屋，
一看，土屋早没了踪影；
只见亮堂堂一座新房，
顶上是砖砌的白色烟筒，
橡木板大门多么齐整。
老太婆坐在窗户底下，
对着她男人破口大骂：
“你真是一个笨蛋、傻瓜！
只要座房子你就回家！
快回去，对金鱼鞠上一躬：
就说我不要做低贱的农民，
我要当世袭的贵族夫人。”

老头儿回到蓝色的海边，
蓝色的海面很不平静。
他又喊那条金色的小鱼儿，
金鱼儿又一次游过来答应：
“老人家，你还要一些什么？”
老头儿又鞠了一躬回答：

“开开恩吧，金鱼公主啊！
老太婆发火发得更大，
简直不叫我老头子安生：
她已经不想做一个农民，
要当世袭的贵族夫人。”
小金鱼回答说：“你别犯难，
上帝保佑你一路平安。”

老头儿回去看他的老太婆。
他看到什么？高楼一幢。
台阶上站着他那位老太婆，
紫貂皮坎肩披在她身上，
缎子的花帽扣着脑瓜儿，
珍珠项链儿卡住了脖项，
戴着镶宝石的黄金戒指儿，
小红皮靴子穿在她脚上。
勤谨的奴仆们在身边伺候；
她揪住他们的头发就揍。
老头儿对他的老太婆开言：
“你好呀，贵族夫人太太！
现在你大概很称心愉快？”

老太婆对他一声大喝，
马上赶他去马厩里干活。

过了一礼拜又一礼拜，
老太婆脾气变得很坏；
她又派老头儿去金鱼那地方：
“鞠个躬，去告诉金鱼姑娘：
我不想再做贵族夫人，
我要做独断专行的女皇。”
老头儿吓坏了，向她求告：
“怎么啦，老太婆，你吃了迷药？
你连说话、走路也不像啊！
全国都会要把你耻笑。”
老太婆听了雷霆大发，
照脸上给了她男人一下。
“庄稼佬也敢和我来顶嘴？
敢和我，和我这贵夫人吵架！
老实告诉你，快去海边；
难道要派人押你去吗！”

这小老头儿又来到海边，

蓝色的大海被黑云笼罩。
他又喊那条金色的小鱼儿，
金鱼儿游过来，对他问道：
“老人家，你还有什么需要？”
老头儿对它鞠一躬说道：
“开开恩吧，金鱼公主啊！
我那个老太婆暴跳发狂：
她已经不想做贵族夫人，
她要做独断专行的女皇。”
金鱼儿回答说：“你别害怕，
上帝保佑你平安回家！
好吧！就让她当女皇吧！”

这小老头儿回去看老太婆，
怎么啦？眼前是皇家的宫殿，
宫殿里看到了他的老太婆，
成了个女皇，在饭桌边用膳，
大臣和贵族们四下里奔走，
给她斟上异国的美酒；
喂她吃压花的蜜糖饼干；
周围的卫队实在威严，

漂亮的斧头扛在肩上。
老头儿一瞧——吓得够戗！
不由得向她深深地行礼，
他说：“你好啊，威风的皇帝！
现在可真是称心如意。”
老太婆对他眼皮儿也不抬，
只吩咐把他从眼前赶开。
大臣、贵族们立刻行动，
抓住脖子就推了出来。
在门口，卫兵来得很快，
差点儿没把他劈成几块。
大家都对他嘲笑一通：
“乡巴佬，这都是你的报应！
给你这老东西一个教训：
不该你管的就别管别问！”

过了一礼拜又一礼拜，
老太婆脾气发得更大。
她派朝臣们去找她男人，
找到了就带老头儿见驾。
她给这老头儿委派了任务：

"回去，鞠个躬，对鱼儿说清楚。
我不想再做自在的女皇，
我要做统治海洋的霸主，
我要生活在大海大洋，
要让金鱼儿来给我服务，
让它来听候我的吩咐。"

这些话老头儿不敢违抗，
也不敢张嘴和她顶撞。
于是他来到蓝色的海边，
海上是天昏地暗的风浪：
水面掀起一阵阵怒涛，
奔涌的怒涛发出狂号。
他又去喊那条金色的小鱼儿，
金鱼儿游来了，对他问道：
"老人家，你还有什么需要？"
老头儿向它鞠一躬回答：
"开开恩吧，金鱼公主啊！
那该死的婆娘我真拿她没法！
她再也不愿意当一个女皇，
她要做统治海洋的霸主；

她要生活在大海大洋，
要让你亲自为她服务，
要让你听候她的吩咐。”
金鱼儿再也没有说话，
尾巴在水里甩了一下，
就游到深深的大海里去啦。
老头儿在海边等它的回音，
很久没等着，就返回家门。
一瞧：这还是那座土屋；
门槛上坐着老太婆一人，
跟前摆着那破烂的木盆。

（1833 年）

◎诗体长篇小说

顾蕴璞　范 红　译

叶甫盖尼·奥涅金[①]

（节选）

顾蕴璞　范　红　译

第一章[②]

急匆匆地生活，忙碌碌地感受。

——维亚泽姆斯基公爵

一

我的伯伯最讲究规矩[③]。
当他已病得卧床不起，

① 本诗的音韵结构独特，是普希金专门为创作《叶甫盖尼·奥涅金》而独创的一种十四行诗体，其韵式是：ababccddeffegg。为向我国读者介绍原作的这种“奥涅金诗节”的音韵特色，译者作了移植原诗音韵结构的大胆尝试。

② 本章于1823年5月9日写于基什尼奥夫，同年10月22日完成于奥德萨，于1825年2月18日单独发表。

③ 这一行化用了克雷洛夫寓言《驴子和农夫》中的第一句“这驴子是最讲究规矩的”。

还要我对他恭敬不谕，
他怎不想出更好的主意！
他的事给别人上了一课：
可是，天哪！无聊透了：
日夜跟病人待在一起，
还要人对他寸步不离；
这有多卑劣，有多阴险：
让半死不活的人乐一乐，
帮他整整枕头和被窝，
哭丧着脸送药到床前，
在叹息声中暗自琢磨：
魔鬼哪天才把他捕获！

二

乘尘烟滚滚的驿车奔驰，
年轻的浪子这样地思忖，
按神王宙斯的最高意志，
他是三亲六眷的继承人。

柳德米拉和鲁斯兰的朋友[1]！
我不写前言，马上着手
来介绍你们和他相识，
我小说的主人公他就是：
那位生长在涅瓦河畔[2]，
我的亲密朋友叶甫盖尼[3]，
或许您也是出生在那里，
读者啊，或曾辉煌过一番，
我也曾到过那里一游，
但北方却对我不无害处[4]。

三

他父亲虽是大官显贵，
在世时总是高筑借台，
每年举办三次舞会。
最终只剩空空的家财。

①《鲁斯兰与柳德米拉》是普希金的第一部长诗。此处寓指普希金自己的读者。

② 指圣彼得堡。

③ 是奥涅金的名字，奥涅金实际上只是姓。

④ 作于比萨拉比亚——原注。此处嘲讽他于1820年被迫流放到南方。

叶甫盖尼颇受命运眷顾：
最初法国太太[①]将他看护，
后来法国先生[②]把她替代；
孩子很顽皮，倒挺可爱。
法国人阿贝十分贫穷，
为不让孩子疲惫不堪，
教给他一切以玩笑相伴，
不使他厌烦于说教的道统，
对他的调皮只轻轻一骂，
还时常领他到夏园[③]玩耍。

四

当奥涅金一天一天长大，
躁动不安的青春到来，
在充满希望和惆怅的年华，
阿贝先生被赶出门外。
我的奥涅金已无人管束，

① 原文为法语词。
② 原文为法语词。
③ 圣彼得堡一处著名的公园（昔为沙皇的皇家花园）。

按最新时尚剪发着服；
打扮得像个伦敦的阔少[1]，
步入社交界崭露头角。
无论是口说还是笔书，
他的法语无可挑剔；
向人鞠躬从容飘逸，
轻盈地跳起马祖卡舞[2]；
还要求他有怎样的风采？
社交界公认他聪明可爱。

五

这样那样，多多少少，
我们都曾学到些东西，
因此我们把教育炫耀，
谢天谢地，还算容易。
对奥涅金有很多论断，
（出自无私而准确的评判）；
他是个学子，但爱挑毛病，

① 原文为英语词。
② 一种波兰民族舞。

他有一种幸运的才能：
他的谈吐从容自如，
说东道西轻松潇洒，
在重大争论中一言不发，
总是把行家的架势摆出，
出口的俏皮话出其不意，
常逗得女士们笑声迭起。

六

如今拉丁文已经过时，
如果告诉您真情实况，
他对拉丁语也略有所知，
能够理解卷首的题章，
和别人把尤维纳利斯[①]谈讲，
在信尾用拉丁文“祝你健康”。[②]
还能背出一两句《伊尼特》[③]，
虽然难免地出点差错。

① 尤维纳利斯（公元60—约140），古罗马讽刺诗人。
② 原文为拉丁语词。
③ 为罗马诗人维吉尔（公元前70—前19）所写长诗。

他不爱在史籍的尘埃中沉浸，
在漫漫书海里到处寻找，
对大地的陈迹毫无癖好；
然而昔日的逸事奇闻，
从罗穆尔[①]王朝直到现代，
在他记忆中全备受青睐。

七

对诗他没有崇高的激情：
奉献出生命而在所不惜，
连抑扬格和扬抑格都分不清，
无论我们花多么大力气。
他指摘荷马[②]和忒奥克里托斯[③]；
不过他常读亚当·斯密斯[④]；
对于经济学造诣颇深，
就是说善于议论议论：

① 是传说中的罗马创始人。

② 古希腊诗人，《伊利亚特》《奥德赛》的作者。

③ 古希腊田园诗人。

④ 亚当·斯密斯（1723—1790），英国经济学家，古典经济理论的鼻祖。

怎样才能使国家富裕，
它靠什么才能够生存，
和一旦它拥有简单产品[①]
便不需要黄金的道理。
但他的父亲无法理解他，
总是不停地把田地抵押。

八

我没工夫一一道出
叶甫盖尼的全部所知；
然而他真具有天才之处——
他掌握得最娴熟的学识，
从小它成为他的劳作，
他的痛苦和他的欢乐，
他曾整天用它来补填
令人多愁善感的懒散——
却是温柔的爱情的学问。
奥维德[②]曾经对它讴歌，

① 指农产品。
② 奥维德，古罗马诗人，著有《爱的艺术》《变形记》等。

并曾为它受尽了折磨，
远离自己的意大利国门，
在摩尔达维[1]荒凉的原野，
给光辉而动荡的一生作结。

九

……

十

他早就学会虚情假意，
会藏匿真心，会吃醋嫉妒，
会使你相信，会让你生疑，
时而显出忧郁和痛苦，
时而傲慢，时而随和，
时而殷勤，时而冷漠！
沉默时他是多么怅惘，
雄辩时他是何等激昂，
写起书来却不经意！

---

① 在里海之滨，奥维德曾被罗马皇帝放逐在这里。

情有独钟，颠倒神魂，
他竟善于忘却他自身！
他的一瞥敏捷又温煦，
那样羞怯，那样大胆，
时而有温顺的泪光闪闪。

十一

他多么会让人感到新鲜，
用说笑让天真少女惊奇，
故作绝望来使人不安，
用悦耳的恭维叫人欣喜，
抓住动人的每一瞬间，
将天真无邪少女的成见，
用心智和热情加以征服，
博得不由自主的爱抚，
祈求并索取爱的表白，
谛听情窦初开的心声，
他锲而不舍追逐着爱情——
突然把秘密的幽会求来……
然后找个僻静的处所，

面对面给她把事理说一说！

十二

他小小年纪就有能耐
将老练的风情女子挑逗。
而当他一心想要击败
他心目中的情场对手，
给他们安排下天罗地网！
用刻薄的话将他们诽谤！
可你们，怡然自得的丈夫！
却把他当朋友，和睦相处：
喜欢他的：有狡猾的丈夫，
有福布拉斯[①]的老门生，
还有疑心重重的老人，
和神气的头戴绿帽之徒[②]，
他们对自己总称心如意，
满足于自己的饭食和娇妻。

① 法国作家库费莱（1760—1797）的小说《福布拉斯骑士奇遇记》中的主人公，一个很会引诱女人的人。

② 原文的“长犄角的人”。说法有别，所指相同。

十三、十四

……

十五

时常当他还躺在床上，
就有人给他带来短笺，
什么？请帖？正是这样，
三家的晚会请他去赏脸：
这家开舞会，那家孩子过节，
浪荡公子去哪家好些？
先去哪一家？反正都一样：
各处都去也易如反掌。
这时候他把便装穿上，
戴好宽边的玻利瓦尔帽①，
奥涅金走上林荫大道，
散一会儿步好不舒畅，

① 帽子（普希金原注），这是指南美哥伦比亚共和国缔造者西蒙·玻利瓦尔（1783—1830）所戴过的一种宽边帽子，它在19世纪初叶很流行。

直到从不打盹的卜列格怀表[1]
来向他把午餐的时刻报告。

十六

天黑了，他上了雪橇坐定。
“让开，让开！”车夫吆喝道；
他的海狸皮做的衣领，
落满霜花，银光闪耀。
他向泰隆[2]饭店驰去，相信
那里等他的是卡维林[3]。
一进门瓶塞就飞向天棚，
彗星葡萄酒[4]喷流溅涌；
面前是一盘烤牛排[5]血淋淋，
香菌这种年轻人的奢华，
法国大菜中的佳肴之花，

① 一种旧式的法国表，它能报时和指示日期。

② 一家有名的餐馆。——普希金原注。

③ 即普希金学生时代就结交的朋友。彼·帕·卡维林（1794—1855），他是革命组织“幸福同盟”的成员。

④ 1811 年法国南部葡萄丰收，同年秋天出现一颗明亮的彗星，因此得名。

⑤ 原文为英语词。

和斯特拉斯堡[1]永不变质的馅饼，
也都在林堡[2]的新鲜干酪
和金黄色的菠萝中间摆好。

十七

他还很想再来几杯，
解解肉饼烧心的油腻，
但怀表叮当太不作美，
新的芭蕾舞已经开始。
奥涅金是剧院刻薄的主宰，
是荣誉公民，但属于后台，
最爱给迷人的女演员捧场，
但朝三暮四，反复无常。
此刻他飞奔来到了剧场——
每个人在那里都自由自在，
给费德拉[3]、克娄巴特拉[4]喝倒彩，

① 法国城市名。

② 比利时城市名。

③ 法国悲剧作家让·拉辛（1639—1699）所写同名悲剧的女主人公。

④ 古埃及女皇，她以美和淫荡著称。此处指何剧本中的角色，不详。

为舞台上的腾跃[1]击掌，
呼叫莫伊娜[2]出来谢幕，
（无非是为了引人注目）。

十八

多神奇的地方！遥想当年，
讽刺作品勇敢的主宰、
自由之友冯维辛[3]将身手大献，
克尼亚日宁[4]也有模仿的奇才；
奥泽罗夫[5]的悲剧催人泪下，
与表演它的年轻的谢苗诺娃[6]
分享情不自禁的热泪和掌声；

① 原文为法语词。

② 俄国剧作家奥泽罗夫（1770—1816）悲剧《芬加尔》中的女主人公，此剧曾由著名女演员科洛索娃扮演。

③ 戴尼斯·伊万诺维奇·冯维辛（1744—1792），18世纪卓越的俄国戏剧家。

④ 克尼亚日宁·雅可夫·鲍利索维奇（1742—1791），俄国剧作家。

⑤ 费拉基斯拉夫·亚历山德罗维奇·奥泽罗夫（1769—1816），俄国剧作家。

⑥ 叶卡捷琳娜·谢苗诺夫娜·谢苗诺娃（1786—1849），俄国著名女悲剧演员，农奴出身。

在这里我们的译家卡捷宁[①]
复活了高乃依[②]的雄伟天才；
在这里辛辣的沙霍夫斯科伊[③]
上演过一部部热闹的喜剧，
狄德罗[④]也在此把荣誉满载；
那里，在那里舞台的侧幕边，
我的青春岁月飞驰如烟。

十九

女神们！你们怎么了？在何方？
请听听我这悲凉的声音：
还是你们吗？另一群姑娘
也许还取代不了你们？
我能否还聆听你们的合唱？
我是否还能有机会观赏

① 帕维尔·亚历山德罗维奇·卡捷宁（1792—1853），俄国诗人，高乃依许多作品的译者。

② 高乃依（1606—1684），法国古典主义悲剧作家。

③ 亚历山大·亚历山德罗维奇·沙霍夫斯科伊（1777—1846），俄国喜剧作家，普希金常参加在他家举行的戏剧界人士集会。

④ 当时一位著名的芭蕾舞导演，曾把普希金的一些作品搬上舞台。

俄罗斯舞神[①]的翩翩风采？
我忧郁的目光在乏味的舞台
也许已找不到熟悉的面庞，
对眼前的欢乐我无动于衷，
我举起失望的长柄眼镜，
只向陌生的尘世观望，
并打着哈欠默默无语。
只将往昔的欢乐回忆。

二十

剧场爆满；包厢亮熠熠：
池座和雅座里攘往熙来；
顶厢传出不耐烦的掌击，
于是哗哗响，帷幕拉开。
光彩夺目，仙姿盈盈。
伊斯托敏娜[②]玉立亭亭，
成群女神花团锦簇，

① 原文为忒耳西科瑞，即希腊神话中主管舞蹈的缪斯。

② 阿芙托吉亚·伊里依尼奇娜·伊斯托敏娜（1799—1848），当时俄国著名的芭蕾舞女演员，狄德罗的学生。

伊斯托敏娜随弦起舞，
她一只足尖轻轻触地。
另一只秀足徐徐回绕，
像鹅毛在风神[1]唇边飞飘。
忽而跳跃，忽而腾起；
或玉胴舒展，或柳腰弯曲，
或双足飞快地相互拍击。

二十一

掌声响处，奥涅金走进来，
擦腿而过，他挤入池座，
包厢里全是陌生的太太，
用双柄眼镜他斜眼瞟过；
他扫视全部的楼层池座，
一览无余，面孔和衣着，
一切都让他很不满意；
四下点头向男士们致意，
然后将目光移向舞台，
漫不经心地看上一眼，

① 原文为爱奥尔（译音），是希腊神话中伊奥利亚人的始祖和风神。

转过脸去——打个哈欠，
说道："演员全该取代，
芭蕾舞我早已看得腻烦，
连狄德罗也已使我厌倦。"①

二十二

还有魔鬼、毒蛇与爱神
在舞台上蹦跳吵闹；
门口疲惫不堪的仆人
裹着皮袄已经睡着；
观众不停地跺着双脚，
擤鼻涕、咳嗽、鼓掌或嘘叫；
无论剧场外，还是剧场里，
灯火通明，光芒四溢；
马儿在彻骨寒风中挣扎，
憎恨身上的马具羁绊，
车夫们围绕在火堆旁边，

① 这是不亚于恰尔德·哈罗德的感情冷淡的特征，狄德罗先生的芭蕾充满生动的想象和非凡的美。我们一位浪漫派作家在其中找到的诗意，比在全部法国文学中所能找到的还多得多。——普希金原注

拍击手掌把主人咒骂：
这里奥涅金走出剧场，
他要回家去更衣换装。

二十三

我是否该用真实的画笔，
描绘他那幽居的书房？
我的地道的学子在这里
穿而又脱地更换衣装。
为迎合刁钻古怪的愿望，
讲究穿戴的伦敦的时装
从波罗的海源源泊来，
换走大量油脂和木材。
巴黎永不满足的品味，
刺激了有利可图的厂家，
为满足娱乐、安逸的奢华
发明的奢侈品有各种品类。
这一切全都用来装潢
这位十八岁哲学家的书房。

二十四

君士坦丁堡[1]烟斗镶嵌着琥珀，
桌上还摆着青铜和瓷器，
水晶香水瓶精雕细琢，
芳香讨娇嫩的感官欢喜；
梳子、钢锉，样样俱全，
各种剪刀，有直有弯，
刷子多达三十来种，
牙刷、指甲刷，功用不同，
卢梭[2]（我顺便提他一下）
搞不明白傲慢的格里姆[3]，
面对他这个雄辩的狂夫，
怎敢公然修剪指甲[4]，

① 原文为察里格勒（译音），古代俄国对君士坦丁堡（今伊斯坦布尔）的称谓。

② 卢梭（1712—1778），法国作家、思想家。

③ 格里姆（1723—1807），法国大百科全书的编者之一。

④ 谁都知道他搽粉；起初我不相信，可是后来也渐渐倾向于这个看法，不仅因为他的脸色变漂亮了，而且因为在他的妆台上放着几盒粉，还因为，有一次我清早到他屋里去，碰见他在用一把特制的小刷子修饰他的手指甲，并且傲然地当着我面不停的修着。我断定：一个人能够每天早晨花两个小时去修饰指甲，也就可能花上几分钟时间用粉填平他脸上的坑洼。（卢梭：《忏悔录》）——普希金原注

这位自由和人权的卫士。
却很不公道地处理此事。

二十五

一个人可以为工作经心，
也可以想让指甲美观：
何必徒劳与时代争论？
无法改变的就是习惯。
恰达耶夫[①]第二，我的奥涅金，
惧怕世人苛求的议论，
尽心竭力于衣着打扮，
称得上是个纨绔少年。
在大小镜前仔细认真，
他至少花上三个小时，
当他终于走出更衣室，
俨如风流的维纳斯女神，
身着男装，不减娇美，
这女神正奔赴假面舞会。

① 恰达耶夫（1794—1856），进步思想家，普希金的朋友。

二十六

我已让现时流行的妆扮，
吸引你们好奇的目光，
我还可在博学者面前，
在这里描述他的服装；
当然这一定太过张狂，
但写作却是我的强项：
西裤、燕尾服和坎肩，
俄语里本无这些字眼；
尽管如此，我贫乏的文笔，
真是觉得十分的抱歉，
让异族词语胡乱呈现，
本可以做到少用为宜，
虽然过去我曾经再三
把那部科学院词典翻翻。

二十七

这些都不是我们的本题：
我们最好赶去参加舞会，

奥涅金已坐在出租马车里，
奔向会场，疾驰如飞。
从灯光昏暗的房屋前驰过，
在蒙眬入睡的街道里穿梭，
一排排马车的一对对灯盏，
射出一道道愉悦的光线，
映照雪地，宛若霓虹；
四周街灯熠熠闪亮，
华丽的楼宇火烛辉煌；
人影在宽大的窗上晃动，
人头的侧影不时现出，
都是贵妇和时髦的怪物[1]。

二十八

我们的主人公驶近门旁；
箭一样掠过看门人身边，
沿大理石台阶阔步而上，
理理头发，整整衣衫，
走进大厅。里面人声鼎沸；

① 指时髦的男人。

音乐却已显得有些疲惫；
马祖卡舞正跳得欢畅；
到处拥挤，熙熙攘攘；
近卫骑兵的马刺铿锵作响；
可爱的太太们飞转秀足；
追随她们醉人的舞步，
飞扬着绅士们火辣辣的目光。
乐声的呼号洪亮有力，
盖过时髦妻室[①]醋意的低语。

二十九

在欢乐和希望的日子里，
我曾对舞会迷恋得发狂：
表露心迹，书信传递，
没有比舞会更好的地方。
可是你们，令人尊敬的丈夫！
我要对你们进言相劝，
请把我的话儿记牢，
我对你们来一点忠告。

① 俄国 18 世纪用来指上流社会不忠贞的妻子。

还有你们，可爱的阿娘，
千万要把你们的女儿盯紧：
把手中的长柄眼镜把稳！
否则……否则，不堪设想！
我现在所以提醒家长，
只因为我已不再荒唐。

三十

唉！为各种消遣娱乐，
我白白浪费了多少时光！
如果不是世风败落，
我至今仍会眷恋舞场。
我爱那痴狂的青春岁月，
喜欢热闹、豪华和欢悦，
还有夫人们考究的打扮；
我爱她们的玉足纤纤；
就算走遍整个俄国，
未必找得出秀足三双。
啊！那一双我多么难忘，
尽管我已变得忧郁冷漠，

我始终记得它们的模样：
在梦中它也撩乱我心房。

三十一

无论在何处，任天荒地老，
痴心的你怎能忘记它？
秀足呀秀足！怎把你寻找？
你现在何处践踏春花？
你在东方的爱抚中娇惯，
而在北国苍凉的雪原，
你从来不曾留下痕迹：
你只喜欢奢侈地触及
铺在地上的柔软地毯。
为了你我早已经忘掉
去渴求夸奖和渴求荣耀，
忘却了流放，忘却了家园，
青春的幸福，转瞬无存，
一如你轻踏草地的足印。

三十二

狄安娜[①]的酥胸，福罗拉[②]的面目，
都让我感到无比美妙！
而亲爱的朋友，忒耳西科瑞的秀足，
却更能让我神魂颠倒。
秀足为我这痴情的目光
预示着无法估价的奖赏，
用它那种程式化的美，
勾得人对她想入非非。
亲爱的姑娘爱尔维娜[③]，
我爱它在春草地上的莲步，
我爱看它冬日踩着壁炉，
爱看它席间放在长台布下，
站在光洁地板上美艳无比，
踏着海滨花岗岩亭亭玉立。

① 罗马神话中的月神和狩猎女神。
② 罗马神话中的花女神。
③ 当时诗歌中常出现的假设的名字。

三十三[1]

我记得雷雨到来前的大海：
我多么羡慕那起伏的波浪，
汹涌澎湃，滚滚而来，
含情脉脉地涌向她足旁！
我多么希望随着浪花，
用双唇触及那可爱的脚丫！
不，在我热情奔放的往昔，
当我沸腾的青春充满生机，
我也从未怀着如此的渴望
吻一吻年轻的阿尔米达[2]的芳唇，
或她们心神不安的酥胸，
或她们艳如玫瑰的面庞；
不，从未有如此强烈的激情
苦苦折磨过我的心灵。

① 此节诗1824年6月写于奥德萨，据说内容描涉M. 拉耶夫斯卡娅。

② 意大利诗人塔索的长诗《解放了的耶路撒冷》中的女主人公。

三十四

另一段时光我铭记一生！
有时寻味珍爱的幻想，
我像扶住幸福的马镫……
仿佛把秀足擎在掌上；
我梦中的想象又一次清晰，
又一次把美丽的秀足触及，
我枯萎的心又热血激荡，
又一次爱恋，又一次惆怅！……
我那喋喋不休的诗篇，
已赞美够那些傲慢的女郎；
她们不值得我的热情和歌唱，
尽管曾触发过我的灵感：
这些魔女们的秋波和誓言，
如她们的秀足，全是欺骗。

三十五

我们的奥涅金么？睡眼昏昏，
从舞场回到床上睡觉：

而钟鼓的鸣声已经唤醒
这个熙熙攘攘的彼得堡。
商人起了身，小贩开始忙，
马车夫悠悠踱向停车场，
送奶的女孩[①]拎着奶罐子，
晨雪在脚下嘎嘎吱吱。
早晨苏醒了愉悦的喧嚷；
百叶窗敞开；袅袅的青烟
像根圆柱，直上云天，
德国面包商准时开了张，
头上戴着尖顶便帽，
屡屡开窗出售面包。

三十六

这位穷奢极乐的骄子，
因舞会的喧闹不堪疲劳，
虽将黎明和夜半倒置，
在幸福笼罩下安详地睡觉。
他直到午后方才醒来，

① 原文为奥荷塔（彼得堡附近一个产牛奶的地区）的女孩子。

通宵达旦的节目又有安排，
千篇一律却十色五光，
明天和昨天并无两样。
我的奥涅金果真幸福，
自由地享尽青春韶光，
情场得意，几度辉煌，
花天酒地，日日欢度？
他在酒宴上狂放不羁
难道依然能感到惬意？

三十七

不，奥涅金早心灰意懒；
社交界的喧嚣使他厌腻；
美女们也不能永永远远
牵动他心中思慕的情意；
她们的变心使他厌倦；
朋友和友谊也令他心烦，
因为他总不能一年到头
借酒浇愁，喝喝香槟酒，

吃吃斯特拉斯堡[1]馅饼和牛排[2]，
而当他一时头疼心烦，
向人发一通尖刻的怨言；
他虽是暴烈的浪子气派，
但对格斗、军刀及子弹，
到头来都已是兴味索然。

三十八

奥涅金染上一种疾病，
早该查明病从何起，
类似英国的抑郁病症，
总之是俄国式的忧郁
悄悄地缠身，将他左右；
感谢上帝，他还没有
想去试试用枪自杀，
意冷人生倒是不假。
像哈罗德[3]一样阴沉忧郁，

① 法国城市，这里指法国馅饼。

② 原文为英语词，这里指英国牛排。

③ 原文为英语。这是拜伦长诗《恰尔德·哈罗德游记》中的男主人公。

在客厅里总是无精打采；
社交界的诽谤和波士顿纸牌，
温情的眼神和傲慢的叹息，
都不能将他的心弦拨动，
他对一切都无动于衷。

三十九、四十、四十一

……

四十二

上流社会古怪的太太！
他最先抛弃的就是你们；
说实话，在我们这个时代，
高谈阔论令人乏味难忍；
也许有的女人喜欢品评
法国的沙伊[①]和英国的边沁[②]，
但一般说来她们的言谈

① 沙伊（1767—1832），法国自由主义资产阶级经济学家。
② 边沁（1748—1832），英国法学家，工业资产阶级的理论家。

尽管天真，却令人生厌；
况且她们都坚贞清白，
端庄持重，绝顶聪明，
笃信上帝，真是虔诚，
小心谨慎，作风正派，
对于男人，难以亲近！
只消一见，忧郁病便缠身[①]。

四十三

还有你们，年轻的美人，
夜阑人静的时分一到，
轻快的马车拉着你们，
沿着彼得堡的大街飞跑，
叶甫盖尼对你们也已远离。
他把狂放的享乐舍弃，
闭门谢客，深居简出，
打着哈欠，提笔欲书，

① 这一讽刺性的全部诗节只不过是对我们美丽的女同胞们的精致的赞词而已，波瓦洛也是如此以谴责之名而行对路易十四赞美之实。我们的女士们把教养与献殷勤，严格的道德纯化与金斯太尔夫人神往的东方魅力融为一体了。（参见《流亡十年》）——普希金原注

然而笔耕的持久艰难，
实在让他厌烦难忍；
一行也未写，难以成文，
未跨进多事的行会[①]的门槛，
关于文人我不想评论，
因为我自己也是文人。

四十四

他本来就因无事做而无奈，
受不了心灵空虚的痛苦，
又怀着可嘉的目的坐下来，
为学点别人的聪明而读书；
书架上的书五花八门，
读啊，读啊，不知所云：
或枯燥乏味，或胡言乱语；
或昧着良心，或毫无意义；
每本书都烙有枷锁的痕迹；
旧书上全是过时的老套，
新书上也写满陈词滥调。

① “多事的行会”，戏指作家的行当。

像甩掉女人，他丢下书籍，
用志哀的塔夫绸遮住书架
和一堆尘封的书，一本不落。

四十五

我和他一样把尘世摒弃，
摆脱了社交界的清规戒律，
从那时我和他结下友谊。
我欣赏他的个性独具，
他情不自禁地耽于幻想，
行为古怪，难以模仿，
头脑冷静，思路清晰。
我愤世嫉俗，他苦闷忧郁；
我们都曾玩弄过爱情；
生活使我们俩饱受熬煎；
心中的热情都消逝不见；
当我们正在人生的黎明，
等待我们俩的都是世人
和盲眼命运女神的仇恨。

四十六

谁在生活中不弃思索，
谁就不能不鄙薄世人；
谁如还有感情的知觉，
谁就会为往日的阴影动心：
虽然早已失去诱惑，
回忆仍像一条毒蛇，
悔恨使他惴惴不安。
这一切都让我们的交谈
渐入佳境，娓娓动人。
起先我窘迫于他的语言；
但是后来我已习惯
他那刻薄讽刺的辩论，
他半带诙谐和辛酸的玩笑，
和他阴郁警句中的气恼。

四十七

就像通常在夏令的节候，
当高悬在涅瓦河上的夜空
清澈明亮，晶莹剔透[1]，
快乐的河水波平如镜，
却映不出狄安娜[2]的面庞，
回忆起往日的浪漫时光，
遥想当年的一片痴情，
心中不禁百感丛生。
呼吸着晚空温情的气息，
我们舒心地默默消受！
犹如睡在梦中的囚徒，
被带进一片葱翠的林地，
我们就这样驰骋起幻想，
回到青春的最初时光。

① 普希金在原注中曾引用了俄国诗人兼翻译家格涅季奇（1784—1833）的大段牧歌来印证彼得堡夜晚的优美。

② 罗马神话中的月神。

四十八

怀着满腔的遗憾和惋惜，
叶甫盖尼凭靠着花岗岩墙，
若有所思地悄然站立，
一如他自己描绘过的那样。
万籁俱寂，静谧无声，
只有守夜的哨兵此呼彼应；
马车遥远的车轮辘辘，
突然从密利翁大街[①]传出；
一叶小舟摇动双桨，
沿着昏昏欲睡的河流漂摇；
远处豪迈的歌声和号角，
牵动我们心荡神漾……
但还是轻吟的塔索的诗章[②]，
令我们的夜晚更甜蜜难忘！

① 彼得堡冬宫区的一条大街。

② 塔索，意大利诗人。原文为“八行诗”（这里译成“诗章”）是源于意大利的一种诗律。

四十九

啊，亚得里亚海的滚滚波澜，
布伦塔河[①]！我将见你的身影，
并将重新充满灵感，
聆听你充满魔力的声音，
对阿波罗子孙它有多神圣！
凭阿尔比昂[②]骄傲的竖琴，
我对它倍感亲切和熟稔。
在那意大利金色的黄昏，
我将尽情享受夜的安详，
伴有威尼斯的妙龄少女，
她时而饶舌，时而不语，
乘着神秘的游艇随波荡漾，
随她一起，我的嘴定学会
彼特拉克[③]和爱神的语汇。

① 意大利的一条河流。

② 英国的古称（原意为“高高的海岛”）。“阿尔比昂骄傲的竖琴”暗指《恰尔德·哈罗德游记》第四章。

③ 意大利诗人（1304—1374），意大利的人道主义文化创始人和民族诗歌奠基人，以十四行诗闻名。在《叶甫盖尼·奥涅金》中诗人曾三次提及他。

五十

我的自由怎会不来临?
该来了,该来了!——我向它呼唤;
我期待好天气,在海边逡巡,
招引海面上过往的风帆。
我何时才开始自由的逃奔,
身披着风暴,和波涛争论,
驰骋在自由自在的海面?
我早该离开这寂寞的海岸,
离开与我为敌的海域,
置身在南方的波光之中,
头顶着我的非洲的天空,
为愁云密布的俄罗斯叹息,
那里有我的痛苦和爱恋,
那里我埋葬了自己的心弦。

五十一

奥涅金原来早已有心
和我同看异国的风月；
但是很快那命运之神
强使我们长久地离别。
他的父亲在那时谢世，
贪婪的债主纷沓而至，
成群汇聚在奥涅金面前。
各有所图，各抒高见：
奥涅金对命运感到满意，
他一向痛恨官司的纠缠，
举手奉送全部的遗产，
并不认为是太大的损失，
或许他那时已经预见
远方的伯伯将一命归天。

五十二

突然他当真接到消息：
管家跑来忙向他禀报，
伯伯已在弥留之际，
愿永别他后再去阴曹。
读完这封悲伤的书信，
叶甫盖尼即刻动身，
乘上驿车飞快地奔跑，
虽然他早就感到无聊，
为了钱财，他准备一尝：
虚情假意，苦闷叹气，
（我的小说从这里开始）；
但当他赶到伯伯的村庄，
只见停放在台上的老人，
已是献给大地的供品。

五十三

他看到满院都是仆人；
死者生前的朋友和仇敌，
那些喜欢吊丧的人们，
从八方赶来参加葬礼。
死者总算安然入土。
神甫和宾客都饭饱酒足，
然后郑重地告辞而去，
仿佛了却了一桩大事。
奥涅金从此作村民久留，
工厂、河域、森林、土地，
一切一切，全归他自己。
他挥金如土，视规矩如仇，
他为此感到满心喜欢，
旧日的生活算有了改变。

五十四

头两天他觉得很是新鲜：
葱郁的树林幽暗清凉，
空寂的原野杳无人烟，
静谧的小溪淙淙流淌。
第三天树林、山丘和田地，
再也引不起他的兴趣，
后来只使他昏昏欲睡；
于是他也就彻底领会，
即使在乡间也同样无聊。
尽管没有街道和宫殿，
没有舞会、纸牌和诗篇，
忧郁也时刻将他缠绕，
恰似影子或忠诚的爱妻，
紧追着他，寸步不离。

五十五

我生来就为享宁静的时光，
体味乡村的安详恬静：
诗琴在丛林深处更嘹亮，
灵感的梦幻更富激情。
整日清闲，优游自在。
在空寂的湖畔我独自徘徊，
游手好闲[1]是我信守的原则。
我一早醒来就是为了
迎接甜蜜的安逸和自由：
书读得少，觉睡得多，
虚幻的名声不再去捕捉。
我悠然自得，别无所求，
在往昔岁月不就是这样
消磨掉最最幸福的时光。

①原文为意大利语。

五十六

鲜花、乡村、闲逸、爱情、
田园！对你们我情有独钟。
我一向就乐于指明
我和奥涅金之间的不同，
为使喜好嘲笑的读者
以及某些擅长饶舌、
蓄意诽谤的出版商人，
能在此对照我的为人，
不至于以后肆无忌惮
说我像自负的诗人拜伦，
在为自己画像撰文，
仿佛我们创作的诗篇
仅能够写写自己的身世，
而无法描述别人的故事。

五十七

我还需要顺便地提到：
诗人都结交幻想的爱情。
我也常梦见花容月貌，
她们秘而不宣的倩影，
被我悄悄地珍藏心中，
后来缪斯赋予她们生命，
我心境朗朗将她们歌唱：
有我的理想，山中女郎[①]，
也有萨尔吉河畔的女俘[②]。
我的朋友，而现在你们，
常常向我这样发问：
“这群姑娘全爱嫉妒，
你向谁献上诗琴的歌曲？
你的诗琴在为谁叹息？”

① 指作者的长诗《高加索的俘虏》中的切尔克斯女郎。

② 指作者的长诗《巴赫奇萨赖的泉水》中的女主人公玛丽雅和莎莱玛。

五十八

“谁的顾盼掀动你的灵感，
用那温馨甜蜜的柔情
回报你那沉思的诗篇？
你的诗又把谁敬若神明？”
朋友，真的谁也没有！
我已郁郁寡欢地感受
爱情萌生的狂躁不安。
有的人将感到幸福无限，
他能将爱情结合诗韵，
倍增诗的神圣梦呓，
踏着彼得拉克的足迹，
抚平心头的累累伤痕，
同时将诗人的桂冠赢得；
而我却只爱得木讷笔拙。

五十九

爱情逝去了，缪斯驾到，
浑噩的头脑已变得明澈。
自由的我在重新寻找
音韵、情感和思想的联合；
我笔耕，心儿不再忧愁，
把一切全都抛到脑后，
不再在残章断句的诗中
描绘女人的秀足和芳容；
死灰已不会重新点燃，
我依然忧愁，但不再哭泣，
过不多久，风暴的遗迹
将在我心中烟消云散：
等到那时，我将要开始
写一部二十五章的长诗。

六十

我已想好了作品的架框，
也为主人公起好名姓；
手中这部小说的第一章
到此我总算已经写成；
仔细审视初稿的全部，
自相矛盾，漏洞百出；
但不想再作任何修改；
要用它向检查官支付宿债，
奉献我的劳动果实，
让编辑先生去处理一番；
我这部刚刚诞生的诗篇，
你快到涅瓦河畔去走一次，
为我去博得应得的名声：
种种曲解和声声骂名！

◎译后记

说不尽的普希金

提起普希金，就会在人们脑海里涌现出一连串看似相悖，实则相谐的对称概念。

俄罗斯近代文学之父的普希金和世界文坛巨匠的普希金。普希金是自 19 世纪起的俄罗斯近代文学的奠基人，也是俄罗斯文学语言的创建者，因为文学是语言的艺术，两者本来就是相辅相成的。普希金率先冲破国界，引领一批俄国杰出的作家攀登上 19 世纪世界文学高峰，自己更跻身于世界文学巨匠之列。郭沫若说过："普希金是俄苏文学的开山祖，他在俄国文学史上的地位，等于意大利的但丁、英国的莎士比亚、德国的歌德。"我国上世纪 80 年代的一份调查早就显示：我国读者面最广的外国作家是莎士比亚和普希金。到目前为止，我国已出版了《普希金全集》两套，普希金的代表作《叶甫盖尼·奥涅金》的十三种译本，各种作品选集和作品单行本已越过一百大关。

俄罗斯诗歌的太阳普希金和俄罗斯的夜莺普希金。太阳与夜莺，同时被用作界定同一个诗人的隐语，似乎不可理解，但对于普希金来说恰如其分。俄国著名批评家别林斯基在论《叶甫盖尼·奥涅金》时曾提到，"普希金以前的俄国诗只是欧洲诗神跟前的一个聪明而熟练的学步者"。另一位俄国经典作家冈察洛夫称普希金为"俄国第一位诗人艺术家"。诚然，普希金之后的不论哪位诗人或作家，都是在他的光辉的照耀下踏着他的足迹前进的。普希金不但写最纯的诗（抒情诗），而且写叙事的诗、童话的诗、剧本的诗、小说的甚至文论的诗。以普诗在传承中大胆独创之气魄、捕捉生命律动之敏锐、内容之宏大、体裁之丰富、语言之精美和对后世影响之深远而论，“太阳”这个隐喻用得并不为过。至于说“夜莺”，则是从歌唱这层含义上说的，何况他很爱用夜莺这个意象，用它来隐喻他对歌唱爱情的情有独钟，也是非常得体的。

传奇的普希金和平易的普希金。普希金生在 18 世纪末（1799 年）俄国一个衰落的贵族家庭，死于 19 世纪的一场为捍卫人格尊严的残酷决斗。在他的身体中，有着俄罗斯人和黑人的双重基因（母亲是喀麦隆裔的汉尼拔的孙女）。普希金在十六岁那年所写的抒情诗《皇村的回忆》（1814 年），博得了诗界权威杰尔查文的赏识（被他誉为自己的接班人）。在短短二十年的时间里，他为俄国文学史写下了十五个“第一”……他的生平真是够传奇的了。可是，他不是傲视普通人的超人，而是毕生注意倾听并倾吐人民心声的歌者。他用俄罗斯人民喜闻乐见的形式创作诗歌和散文。他在《叶甫盖尼·奥涅金》中所塑造的多余人形象和在《驿站长》中所塑造的小人物形象，都植根在当年俄罗斯社会各阶层普通人的心扉，这些和他的其他许多不朽作品一道自然地成了在俄罗斯家喻户晓的文学经典。

忧伤的普希金和乐天的普希金。在俄罗斯这块悲情丛生、悲剧迭出的土地上，无论在普希金之前，还是在普希金之后，诗人由于身兼人民精神领袖的角色而常常身遭厄运：因反抗暴政而遭监禁或流放，在当局的摧残下被逼自尽或决斗，忧伤是他们共同的心境。普希金大量为时而作的诗是忧伤的，他的作品中悲剧成分多于喜剧成分，他本人也是悲多于欢，但是他给我们的印象似乎喜多于忧。这是源于他的气质、胸襟、眼界和对天生我材必有用的自信。例如他在《假如生活欺骗了你》一诗中唱道：

心儿总是在憧憬未来，
现今常令人闷闷不快：
一切很短暂，一切会过去，
那过去了的，便贴你心怀。

从这里，我们不难看出：普希金的忧伤是“明亮的忧伤”，因为他坚信：

在不朽的智慧太阳面前，

虚假的睿智也黯然腐烂。
万岁，太阳！速退，黑暗！
——《饮酒歌》

早逝的普希金和永恒的普希金。由于不堪沙皇专制制度的摧折，普希金这盏天才的明灯过早地陨灭了，他英年早逝在三十七岁这个据说不少天才都没能逃过的年龄坎上。但是，他正如在《纪念碑》一诗中所预言的那样并没有完全死去：1999 年诗人的二百周年诞辰不是过得比任何一个活着的人所过的生日都更红火吗？我国曾以史无前例、规模宏大的活动来纪念普希金这位外国作家，更具体而生动地证实了他是永恒的，是与全球的心灵同在的，是与真善美共存的。历史已经验证了他生前在《我为自己建造一座非人工的纪念碑》（1836 年）中的预言：

我的名字将把整个俄罗斯传遍，
提起我的将会有各种各样的语言，
……

厚重的普希金和轻松的普希金。普希金虽只

活了短短三十七年，但他为后世留下了无比丰厚的文化遗产：八百多首抒情诗、十二部长诗、六首童话诗、一部诗体长篇小说、多部散文体中短篇小说、六部诗剧、多篇政论、文论以及专著《普加乔夫史》等。他那等身的著作，生动而深刻地描绘和反映了俄罗斯的大自然、俄罗斯的民族精神和民族性格，规范并提炼了美丽的俄罗斯语言，从而成为俄罗斯文化和文学的杰出代表以至象征。但是，我们在看到一个如此厚重的普希金的同时，还看到一个轻松的普希金。他早在《我的墓志铭》（1815 年）一诗中就自我调侃道：

这里埋葬着普希金，他毕生快乐，
总结交年轻的缪斯、懒散和爱神；
他并无什么善举，但的确可以说：
论心地他是个好人。

俄罗斯的研究者有过如下的观察和分析：“在生活方面，轻松是普希金世界观的基础，性格和人生履历的特征，诗中的轻松成了他刚步入诗坛的条件。他一挥笔，评论界便称他的诗‘非常的轻松和从容’，‘好像这些诗行无需任何斧凿，使人觉得这些诗句是从他的诗笔下自形流泻出来的’。”（《涅瓦观察者》，1820 年，第二期，《祖国之子》，1829 年，第六十四册，第三十六期，《和普希金一起散步》，王立业译）。

时尚的普希金和经典的普希金。普希金被公认为俄罗斯文学经典中的经典。但作为俄国贵族社会中的一员，普希金不可能与上流社会的时尚习俗毫无瓜葛。因此，不但他的服饰和风度是时尚的，他的不少抒情诗也是他与当时的上流社会进行周旋的产物。值得我们学习的是：普希金不像今天不少人那样任凭时尚淹没经典，而是力求用经典引领时尚，使某些时尚的体裁也加入经典的行列。如抒情诗《致凯恩》《我爱过您》等，后来都成了爱情诗的传世之作。

风流倜傥的普希金和百代诗魂的普希金。普希金与缪斯结下了永生不解之缘。缪斯是古希腊神话中司文艺和诗歌的九个女神。普希金创作上的美神崇拜和生活中的美女情结互动的结果，便是他对美的神往变成了自己文学创作，特别是抒情诗创作取之不竭的源泉。作为异时、异域的异民族的我国读者往往会感到不解：从一个人的心田怎么可能流出这么多爱情的旋律来呢？我们姑且抛开时代、阶级、民族、个性等多种因素不说，单就文学源于而又高于生活这一基本原理而言，就足可以阐释诗情升华爱情这一客观艺术规律了。何况普希金有着超强的生命活力、对美和诗的天才颖悟和作为诗人的神圣使命感，勇于把真诚视为爱情与诗歌互通的心魂。因此，别林斯基负责任地说："在普希金的任何感情中永远有一些特别高贵的、温和的、轻柔的、馥郁的、优雅的东西。因此看来，阅读他的作品是培养人的最好的方法，对于青年男女有特别的益处。在教育青年人，培养青年人的感情方面，没有一个诗人能比得上普希金。"（冯春的译文）从这个视角最便于确认：普希金既是俄罗斯诗歌的夜莺，更是俄罗斯诗歌的太阳，甚至可以说，普希金的诗称得上是一位超越时空的心灵教师，正如黑格尔所说："诗过去是，现在仍然是人类最普遍、最博大的教师。"可惜，今天社会上有相当多的人受物质利益的驱使，已不再理会这句至理名言了。

俄罗斯的普希金和我的普希金。无论是说"俄国的但丁""俄国的莎士比亚""俄国的歌德"，或者是说"俄国的春天""俄国的早晨""俄国的亚当"（卢那察尔斯基语），普希金都是象征俄罗斯民族的首屈一指的民族诗人。但是，随着他对后世影响的愈益深广，“普希金”这个符号渐渐摆脱时空的制约，以致后代人甚至外国人都说起“我的普希金”来了。他们所说的“我的普希金”，有“他是我的心魂”和“我是他的延续”的双重寓意。说过“我的普希金”的，不仅有勃留索夫、茨维塔耶娃等众多俄苏著名作家和诗人，而且也不乏外国有影响的作家和诗人。比如我国著名诗人邵燕祥在《我的朋友普希金》（1999年）一文中写道：“我跟普希金结识是在1947年，那一年我十四岁，他已经一百四十八岁了，我们是忘年交。有人问，你的《假如生活重新开头》是不是受了普希金《假如生活欺骗了你》的影响，我相信这个感觉是可靠的。”“我的普希金”另一种演绎形式是“普希金和我”。上世纪最后一年，为纪念普希金二百周年诞辰，人民文学出版社出版了文集《普希金与我》（孙绳武、卢永福主编），此书纳入了一百位我国当代作家、研究家、翻译家、编辑家对普希金其人其诗文感悟的篇章，可见这位俄罗斯文豪直至今日对我国文化影响之广之深。“我的普希金”的第三个表现空间是在翻译家心中。如果说，原著是“俄罗斯的普希金”，那么，译著便既是“俄罗斯的普希金”，也是译者的“我的普希金”，即“我所理解和表达的普希金”。可见，译著再好，也不等于完全的“俄罗斯的普希金”。译者的职责仅在于：使他的“我的普希金”尽量贴近“俄罗斯的普希金”而不受任何框框的局限。本书的译者们正是在这个客观标准上，诚恳地期盼读者的批评和指正的。

虽然笔者拉拉杂杂说了上述关于普希金的许多话，但是仍感到言犹未尽，真是名副其实的“说不尽的普希金”，一如前人说过的“说不尽的莎士比亚”！

顾蕴璞

出 品 人：许　永
责任编辑：许宗华
特邀编辑：王佩佩
装帧设计：李双鑫
印制总监：蒋　波
发行总监：田峰峥
投稿信箱：cmsdbj@163.com
发　　行：北京创美汇品图书有限公司
发行热线：010-53017389　59799930

创美工厂
微信公众平台

创美工厂
官方微博

『你最可爱』，我说时来不及思索，
而思索之后，还是这样说。

希梅内斯（1881 - 1958）

西班牙现代著名诗人，西班牙抒情诗新黄金时代的开拓者。1936 年因西班牙内战爆发流亡国外。二战时，他积极呼吁人们反战，晚年因不满西班牙的独裁统治定居波多黎各。其主要作品有《遥远的花园》《悲情咏叹调》《一个新婚诗人的日记》和《三个世界的西班牙人》等，曾获得 1956 年诺贝尔文学奖。1958 年 5 月 29 日，希梅内斯在波多黎各圣胡安逝世。《我已不再归去》是诗人的名作，曾被人们广为传诵。

我已不再归去

[西班牙]希梅内斯

我已不再归去。
晴朗的夜晚温凉悄然，
凄凉的明月清辉下，
世界早已入睡。
我的躯体已不在那里，
而清凉的微风，
从敞开的窗户吹进来，
探问我的魂魄何在。
我久已不在此地，
不知是否有人还会把我记起，
有人会亲切地回想起我的过去。
但是还会有鲜花和星光
叹息和希望，
和那大街上
浓密的树下情人的笑语。
还会响起钢琴的声音
就像这寂静的夜晚常有的情景，
可在我住过的窗口，
不再会有人默默地倾听。

切斯瓦夫·米沃什（1911 – 2004）

1911年6月30日，切斯瓦夫·米沃什生于立陶宛维尔诺。曾参加左派抵抗组织，从事反法西斯活动。后任波兰驻美国、法国外交官。1951年向法国申请政治避难，1970年加入美国国籍。1980年获诺贝尔文学奖。主要作品有《被禁锢的头脑》《伊斯河谷》《个人的义务》《务尔罗的土地》等。

美好的一天

［波兰］米沃什

多美好的一天啊！
花园里干活儿，晨雾已消散，
蜂鸟飞上忍冬的花瓣。
世界上没有任何东西我想占为己有，
也没有任何人值得我深深地怨；
那身受的种种不幸我早已忘却，
依然故我的思想也不使我难堪，
不再考虑身上的创痛，
我挺起身来，前面是蓝色的大海，点点白帆。

乔治·戈登·拜伦（George Gordon Byron，1788 – 1824）

英国 19 世纪初期伟大的浪漫主义诗人，代表作品有《恰尔德·哈洛尔德游记》《唐璜》等，他的诗歌里塑造了一批『拜伦式英雄』。他不仅是一位伟大的诗人，还是一个为理想战斗一生的勇士，积极而勇敢地投身革命——参加了希腊民族解放运动，并成为领导人之一。

我看过你哭

［英］拜　伦

我看过你哭——一滴明亮的泪
涌上了你蓝色的眼珠；
那时候，我心想，这岂不就是
一朵紫罗兰上垂着露；

我看过你笑——蓝宝石的火焰
在你前面也不再发闪，
呵，宝石的闪烁怎能比得上
你那一瞥的灵活的光线。

仿佛是乌云从远方的太阳
得到浓厚而柔和的色彩，
就是冉冉的黄昏的暗影
也不能将它从天空逐开；

你那微笑给我阴沉的脑中
也灌注了纯洁的欢乐；
你的容光留下了光明一闪，
直似太阳在我心里放射。

顾城（1956 – 1993）

男，原籍上海，1956 年 9 月 24 日生于北京一个诗人之家，中国朦胧诗派的重要代表，被称为当代的『唯灵浪漫主义』诗人。顾城在新诗、旧体诗和寓言故事诗上都有很高的造诣，其《一代人》中的一句『黑夜给了我黑色的眼睛 / 我却用它寻找光明』成为中国新诗的经典名句。

诗情

顾城

一片朦胧的夕光
衬着暗绿的楼影

你从雾雨中显现
带着浴后的红晕

多少语言和往事
都在微笑中消溶

我们走进了夜海
去打捞遗失的繁星

威廉·莎士比亚（William Shakespeare,1564 年 4 月 23 日－1616 年 4 月 23 日）

华人社会常尊称其为莎翁，鲁迅在《摩罗诗力说》中称莎翁为『狭斯丕尔』，是英国文学史上最杰出的戏剧家，也是欧洲文艺复兴时期最重要、最伟大的作家，全世界最卓越的文学家之一。

我能否将你比作夏天？

［英］莎士比亚

我能否将你比作夏天？
你比夏天更美丽温婉。
狂风将五月的蓓蕾凋残，
夏日的勾留何其短暂。
休恋那丽日当空，
转眼会云雾迷蒙。
休叹那百花飘零，
催折于无常的天命。
唯有你永恒的夏日常新，
你的美貌亦毫发无损。
死神也无缘将你幽禁，
你在我永恒的诗中长存。
只要世间尚有人吟诵我的诗篇，
这诗就将不朽，永葆你的芳颜。

赖内·马利亚·里尔克（1875年12月4日－1926年12月29日）

奥地利诗人。早期代表作为《生活与诗歌》（1894）、《梦幻》（1897）、《耶稣降临节》（1898）等；成熟期的代表作有《祈祷书》（1905）、《新诗集》（1907）、《新诗续集》（1908）及《杜伊诺哀歌》（1922）等。此外，里尔克还有日记体长篇小说《马尔特手记》。

秋日

[奥地利]里尔克

主啊，是时候了。夏天盛极一时。

把你的阴影置于日晷上，

让风吹过牧场。

让枝头最后的果实饱满。

再给两天南方的好天气，

催它们成熟，把最后的甘甜压进浓酒。

谁此时没有房子，就不必建造，

谁此时孤独，就永远孤独，

就醒来，读书，写长长的信，

在林荫路上不停地，

徘徊，落叶纷飞。

埃乌杰尼奥·蒙塔莱（Eugenio Montale,1896 – 1981）

意大利隐逸派诗人。1896 年 10 月 12 日生于热那亚，少年时学习声乐，酷爱文学。1917 年被征召入伍。战争结束后开始诗歌创作。第一部诗集《乌贼骨》，使诗人声誉鹊起。它从大千世界中精心选取一系列富于象征意义的艺术场景，着力刻画人的内心世界瞬间的细微感情。1938 年，因拒绝加入法西斯党，被解除佛罗伦萨文学馆馆长之职。

誓言

［意大利］蒙塔莱

你知道：我应该让自己
不再想你
但我不能
在这开始，一切一切
搅乱了我
每一步行动，每一声哭泣
甚至码头上海盐的气息
扩散而来，
把这里的春日
变得阴郁

黑衣的地带，桅竿的地带
黄昏在烟尘里静立的山林
从空旷里传来的嗡嗡声
吱吱声象指甲磨擦着玻璃
我寻找着
失落并且是唯一的旗号
我想从你心中找到
让我解脱的誓言
可地狱却在眼前。

华兹华斯（William Wordsworth,1770 – 1850 年）

英国浪漫主义诗人，曾被封为『桂冠诗人』。其诗歌理论动摇了英国古典主义诗学的统治，有力地推动了英国诗歌的革新和浪漫主义运动的发展。他是文艺复兴运动以来最重要的英语诗人之一，其诗句『朴素生活，高尚思考（plain living and high thinking）』被作为牛津大学基布尔学院的格言。

露西

[英]华兹华斯

她居住在白鸽泉水的旁边，
无人来往的路径通往四面；
一位姑娘不曾受人称赞，
也不曾受过别人的爱怜。

苔藓石旁的一株紫罗兰，
半藏着没有被人看见！
美丽得如同天上的星点，
一颗唯一的星清辉闪闪。

她生无人知，死也无人唁，
不知她何时去了人间；
但她安睡在墓中，哦可怜，
对于我呵是个地异天变！

艾米莉·狄金森（1830 年 12 月 10 日－1886 年 5 月 15 日）

美国传奇诗人。她被视为 20 世纪现代主义诗歌的先驱之一。美国诗人的佼佼者是美国文学之父欧文，惠特曼和狄金森。狄金森从二十五岁开始弃绝社交，女尼般闭门不出，在孤独中埋头写诗三十年，留下诗稿一千七百余首；生前只发表过七首，其余的都是她死后才出版，并被世人所知。狄金森的诗主要写生活情趣，自然、生命、信仰、友谊、爱情。诗风凝练婉约、意向清新，描绘真切、精微，思想深沉、凝聚力强，极富独创性。

如果记住就是忘却

[美] 狄金森

如果记住就是忘却
我将不再回忆，
如果忘却就是记住
我多么接近于忘却。
如果相思，是娱乐，
而哀悼，是喜悦，
那些手指何等欢快，今天，
采撷到了这些。

罗伯特·弗罗斯特（1874年3月26日－1963年1月29日）

是20世纪最受欢迎的美国诗人之一。他曾当过新英格兰的鞋匠、教师和农场主。他的诗歌从农村生活中汲取题材，与19世纪的诗人有很多共同之处，相比之下，却较少具有现代派气息。他曾赢得四次普利策奖和许多其他的奖励及荣誉，被称为『美国文学中的桂冠诗人』。代表作品：《诗歌选集》《一棵作证的树》《山间》《新罕布什尔》《西去的溪流》《又一片牧场》《林间空地》和诗剧《理智的假面具》《慈悲的假面具》《诗歌全集》《未选择的路》。

未选择的路

[美] 弗罗斯特

黄色的树林里分出两条路，
可惜我不能同时去涉足，
我在那路口久久伫立，
我向着一条路极目望去，
直到它消失在丛林深处。

但我却选了另外一条路，
它荒草萋萋，十分幽寂，
显得更诱人、更美丽；
虽然在这两条小路上，
都很少留下旅人的足迹。

虽然那天清晨落叶满地，
两条路都未经脚印污染。
呵，留下一条路等改日再
见！
但我知道路径延绵无尽头，
恐怕我难以再回返。

也许多少年后在某个地方，
我将轻声叹息把往事回顾：
一片树林里分出两条路——
而我选了人迹更少的一条，
从此决定了我一生的道路。

余光中（1928年10月21日－2017年12月14日）

当代著名作家、诗人、学者、翻译家，出生于南京，祖籍福建永春。因母亲原籍为江苏武进，故也自称『江南人』。余光中一生从事诗歌、散文、评论、翻译，自称为自己写作的『四度空间』，被誉为文坛的『璀璨五彩笔』。现已出版诗集二十一种；散文集十一种；评论集五种；翻译集十三种；共四十余种。代表作有《白玉苦瓜》（诗集）、《记忆像铁轨一样长》（散文集）及《分水岭上：余光中评论文集》（评论集）等，其诗作如《乡愁》《乡愁四韵》，散文如《听听那冷雨》《我的四个假想敌》等，广泛收录于大陆及港台语文课本。

乡愁

余光中

小时候，
乡愁是一枚小小的邮票，
我在这头，
母亲在那头。

长大后，
乡愁是一张窄窄的船票，
我在这头，
新娘在那头。

后来啊，
乡愁是一方矮矮的坟墓，
我在外头，
母亲在里头。

而现在，
乡愁是一湾浅浅的海峡，
我在这头，
大陆在那头。

纪·哈·纪伯伦

黎巴嫩作家，被称为『艺术天才』『黎巴嫩文坛骄子』，是阿拉伯文学的主要奠基人，20世纪阿拉伯新文学道路的开拓者之一。其主要作品有《泪与笑》《先知》《沙与沫》等，蕴含了丰富的社会性和东方精神，不以情节为重，旨在抒发丰富的情感。纪伯伦、鲁迅和泰戈尔一样是近代东方文学走向世界的先驱。

花之歌

[黎巴嫩]纪伯伦

我是大自然的话语，大自然说出来，又收回去，把它藏在心间，然后又说一遍……

我是星星，从苍穹坠落在绿茵中。

我是诸元素之女：冬将我孕育；春使我开放；夏让我成长；秋令我昏昏睡去。

我是亲友之间交往的礼品；我是婚礼的冠冕；我是生者赠与死者最后的祭献。

清早，我同晨风一道欢迎光明；傍晚，我又与群马一起为它送行。

我在原野上摇曳，使原野风光更加旖旎；我在清风中呼吸，使清风芬芳馥郁。我微睡时，黑夜星空的千万颗亮晶晶的眼睛对我察看；我醒来时，白昼的那只硕大的独眼向我凝视。

我饮着朝露酿成的琼浆；听着小鸟的鸣转，歌唱；我婆婆起舞，芳草为我鼓掌。我总是仰望高空，对光明心驰神往；我从不顾影自怜，也没有孤芳自赏。而这些哲理，人类未完全领悟。

阿莱桑德雷，（1898年4月26日－1984年12月14日）

西班牙诗人，1977年诺贝尔文学奖获得者。性爱、孤独、时间和死亡是阿莱桑德雷作品的主题。其父是一名土木工程师，其母是一位地方军事指挥官的女儿。在他还是孩童时，全家迁往了马拉加，诗人随后在自己的诗中描绘了那里明媚如画的景致。

雨下着

［西班牙］阿莱桑德雷

黄昏，雨下着，我想象中的你也下着雨，
这日子
记忆之门启开着。你走了进来
我听不到。记忆仅给我你的影象
那儿仅仅你的吻或是雨落着
你的声音下着雨，你哀伤的吻下着雨，
深深的吻
泡在雨水里，嘴唇湿润着
记忆。你的吻
在柔和的灰空哭泣。
雨从你的爱中下着。湿润我的记忆，
雨继续下着。吻
自远而下。灰色的雨
继续下着。

裴多菲·山陀尔（1823 年 1 月 1 日 – 1849 年 7 月 31 日）

匈牙利的爱国诗人和英雄，也是匈牙利民族文学的奠基人，革命民主主义者，在瑟克什堡大血战中同沙俄军队作战时牺牲，年仅 26 岁。

我愿意是急流

［匈牙利］裴多菲

我愿意是急流，
山里的小河，
在崎岖的路上、
岩石上经过……
只要我的爱人
是一条小鱼，
在我的浪花中
快乐地游来游去。

我愿意是荒林，
在河流的两岸，
对一阵阵的狂风，
勇敢地作战……
只要我的爱人
是一只小鸟，
在我的稠密的
树枝间做窠，鸣叫。

我愿意是废墟，
在峻峭的山岩上，
这静默的毁灭
并不使我懊丧……
只要我的爱人
是青青的常春藤，
沿着我荒凉的额，
亲密地攀援上升。

我愿意是草屋，
在深深的山谷底，
草屋的顶上
饱受风雨的打击……
只要我的爱人
是可爱的火焰，
在我的炉子里，
愉快地缓缓闪现。

我愿意是云朵，
是灰色的破旗，
在广漠的空中，
懒懒地飘来荡去，
只要我的爱人
是珊瑚似的夕阳，
傍着我苍白的脸，
显出鲜艳的辉煌。